講談社文庫

赤い指

東野圭吾

講談社

赤い指

1

　間もなく夕食という時になって、隆正はさっきのカステラが食べたいといいだした。松宮が土産に持ってきたものだ。

「こんな時間に食べてもいいのかい」松宮は紙袋を持ち上げながら訊いた。

「かまうもんか。腹が減ったら食べる、それが身体には一番いいんだ」

「知らないぜ、看護婦さんに叱られてもさあ」そういいながらも年老いた伯父が食欲を示してくれたことが、松宮はうれしかった。

　紙袋から箱を取り出し、蓋を開けた。一口サイズのカステラが一つ一つ包装されている。その一つの包装をはがし、松宮は隆正のやせ衰えた手に渡した。

　隆正はもう一方の手で枕を動かし、首を立てようとした。松宮はそれを手伝った。

ふつうの大人なら二口ほどで食べ終えてしまうカステラを、隆正はたっぷりと時間をかけ、少しずつ口に入れていった。飲み下す時がやや辛そうだが、甘い味を楽しんでいるようには見える。

「お茶は？」

「うん、もらおう」

そばのワゴンの上に載っていたペットボトルを松宮は隆正に渡した。それにはストローが差し込まれている。隆正は寝たままで器用に飲んだ。

「熱はどう？」松宮は訊いた。

「相変わらずだ。三十七度と八度の間を行ったりきたりだな。もう慣れたよ。これが自分の平熱だと思うことにした」

「まあ、平気ならいいんだけどさ」

「それより脩平(しゅうへい)、こんなところに来てていいのか。仕事のほうはどうなんだ」

「例の世田谷の事件が片付いたから、今はわりと余裕があるんだ」

「そういう時こそ、昇進試験の勉強でもしたらどうだ」

「またそれかよ」松宮は頭を掻(か)き、顔をしかめた。

「勉強が嫌なら、女の子とデートでも何でもしたらいい。とにかく、私のことはそんなに心配するな。ほうっておいてくれればいい。克子(かっこ)だって来てくれるしな」

克子というのは松宮の母親だ。隆正の妹でもある。

「デートする相手なんかいないよ。それに伯父さんだって暇だろ？」

「いや、そうでもないぞ。これでもいろいろと考えることはある」

「これかい？」松宮はそばのワゴンの上に置いてあるボードを手にした。将棋盤で、駒が磁石でくっつくようになっている。

「駒に触るなよ。まだ対局中だ」

「俺にはよくわかんないけど、これ、前に俺が見た時からあまり変わってないみたいに見えるんだけどな」

「そんなことはない。刻一刻と戦況は変化しておる。敵もなかなかの指し手でな」

隆正がそういった時、病室のドアが開いて看護師が入ってきた。三十歳前後と思われる、丸顔の女性だ。

「体温と血圧を測らせてください」彼女はいった。

「噂をすれば何とやらだ。今、こいつに将棋盤を見せてたところだよ」

隆正にいわれ、丸顔の看護師は微笑した。

「手は決まったかね」

「ええ、もちろん」そういうと彼女は松宮が持っている将棋盤に手を伸ばし、駒のひとつを動かした。

松宮は驚いて、隆正と彼女の顔を見比べた。

「えっ、看護婦さんが?」

「強敵なんだよ。脩平、もうちょっと近くで見せてくれ」

松宮は将棋盤を手に、ベッドの脇に立った。それを見て隆正は顔をしかめた。無数の皺が、一層深くなった。

「なるほど、桂馬か。その手があったか」

「考えるのは後にしてくださいね。血圧が上がっちゃいますから」

彼女は手際よく検温と血圧測定を行った。金森と書かれたネームプレートを胸につけている。登紀子という名前だということは隆正が教えてくれた。少し年上だがデートに誘ってみたらどうだといわれたのだ。もちろん松宮にはそんな気はない。彼女にもないだろう。

「どこか痛むところはありますか」測定を終えたところで彼女は隆正に訊いた。

「いや、ないよ。すべていつも通りだ」

「じゃあ、もし何かあったらすぐに呼んでくださいね」金森登紀子は笑顔で出ていった。

それを見送った後、隆正は早速また将棋盤に視線を戻した。

「この手で来たか。考えなくもなかったが、ちょっと意外だったな」

この分ならば、たしかに退屈することはなさそうだった。松宮は少し安心し、椅子から腰を浮かせた。

「じゃあ、俺もそろそろ行くよ」

「うん、克子によろしくな」

松宮が部屋を出ようとドアを開けた時、「脩平」と隆正が声をかけてきた。

「何？」

「……本当にもう、無理して来なくていいからな。おまえには、やらなきゃいけないことがほかにたくさんあるはずだ」

「だから、無理なんかしてないって」

また来るよ、といい残して松宮は部屋を後にした。

エレベータに向かう途中、ナースステーションに寄ってみた。金森登紀子の姿が見えたので、手招きして呼んでみた。何でしょう、という顔で彼女は近づいてきた。

「伯父のところに、最近誰か見舞いに来ましたか。うちの母以外に、という意味ですけど」

克子のことは、当然看護師たちは知っているはずだった。

金森登紀子は首を傾げた。

「私の知るかぎりでは、どなたも……」

「従兄はどうですか。伯父の長男ですけど」

「息子さんですか。いえ、来ておられないと思います」

「そうですか。お仕事中、どうもすみませんでした」

いえ、と彼女は微笑み、元の持ち場に戻った。

エレベータに乗った後、松宮はため息をついた。無力感に襲われ、焦りを覚えた。このまま何もできないのだろうか、と悔しくもあった。

隆正の黄色く濁った顔を思い出した。彼の胆嚢と肝臓は癌に冒されている。ただし本人は知らない。担当医師は、単なる胆管炎だと隆正には説明している。癌細胞を手術で取り除くことはもはや不可能で、今はただ出来るかぎりの延命措置が施されているにすぎない。猛烈な痛みを本人が訴えた場合にモルヒネを使うことについては、松宮も母の克子と共に同意した。せめて苦しまずに逝かせてやりたい、というのが二人の共通した思いだった。

その日がいつ来るのかはわからない。医師によれば、明日来てもおかしくないのだという。顔を合わせて話していると、とてもそんなふうには思えないが、タイムリミットは確実に近づいている。

松宮が加賀隆正と会ったのは中学校に入学する直前のことだった。それまで松宮は母親の克子と二人で高崎に住んでいた。なぜ東京に引っ越すことになったのか、その時の彼にはよくわからなかった。克子の仕事の都合、とだけ聞かされていた。

はじめて隆正を紹介された時には驚いた。自分たちに親戚と呼べる者がいることなど、まるで知らなかったからだ。母親は一人っ子で、両親はとうの昔に死んでいる——そんなふうに思い込んでいた。

加賀隆正は元警察官だった。退職した後は、警備会社のアドバイザーをしていた。決して時間的余裕があるわけではなかったはずだが、彼は頻繁に松宮たちのもとを訪れた。特に用があるというふうには見えず、単に様子を見に来ているだけという感じがした。大抵の場合、彼は手土産を忘れなかった。大福や肉まんといった、育ち盛りの中学生が喜びそうなものが多かった。真夏に、スイカ一個を持ってきたこともあった。

松宮が疑問に思ったのは、なぜこれほど親切にしてくれる伯父と、これまで全く付き合いがなかったのか、ということだった。東京と高崎では、行き来が困難とはいえない。だがそのことについて克子や隆正に訊いても、納得できる説明はしてくれなかった。たまたま疎遠になっていただけだ、といわれるだけだった。

しかし高校に上がる時、松宮はようやくその答えを克子から聞けることになった。きっかけは戸籍謄本だった。父親の欄が空白になっていたのだ。そのことを母親に問い詰めると、思いもよらない答えが返ってきた。

松宮の両親は結婚していなかったのだ。松宮というのは、克子が以前結婚していた相手の姓だった。

二人が結婚できなかったのは、父親が別の女性とすでに結婚していたからだ。つまり二人の関係は俗にいう不倫だった。だが単なる浮気ではなく、男のほうは何とか離婚しようとしていた。それが叶わないとなると、家を出て、克子と共に高崎で住み始めた。彼は料理人だった。

間もなく二人の間に子供が出来たが、その時点でも彼の離婚は成立していなかった。それでも表向きは夫婦として生活していたが、やがて思いもかけない悲劇が訪れた。彼のほうが事故で命を落としたのだ。勤務先である日本料理店が火災に遭い、逃げ遅れたということだった。

幼い子供を抱え、克子は生活費を稼がねばならなくなった。母親が水商売をしていたことを、松宮はうっすらと覚えている。平日には深夜遅くにならないと帰ってこない彼女は、いつも酒に酔っていて、しばしば流し台で嘔吐していた。

そんな母子に手をさしのべたのが加賀隆正だった。克子は高崎の住所を誰にも知らせていなかったが、隆正だけは把握していて、時折連絡をしてきたらしい。

隆正は克子に、東京に戻るよう勧めた。そのほうが自分が援助しやすい、というのが理由だった。克子は実兄に迷惑をかけたくなかったが、息子のことを考えると意地を張っている場合ではないと思い直し、上京を決意した。

隆正は母子の住処（すみか）だけでなく、克子の働き口まで見つけてきてくれた。その上、生活費の補助もしてくれたようだ。

すべての経緯を聞き、松宮は自分がなぜ人並みの暮らしをしてこられたのかを思い知った。何もかも、妹思いの伯父の優しさがあったればこそだった。

この人だけは裏切ってはならない、何としてでも恩に報いねばならない——そう思いながら松宮はその後の学生生活を過ごした。奨学金を貰（もら）ってまで大学に進むことを決心したのも、それを隆正が望んだからだ。

そして進路については迷いなく警察官への道を選んだ。この世で最も尊敬する人間が就いていた職業だ。ほかの仕事など考えられなかった。

命を救うことができないのならば、せめて思い残すことのないようにしてやりたい、というのが今の松宮の願いだった。それが隆正への最後の恩返しだと思った。

2

会議用の資料の作成を終え、パソコンを終了させるかどうか迷っていると、二つ離れた席の山本（やまもと）が立ち上がった。鞄（かばん）を机の上に置き、帰り支度を始めている。

「山さん、お帰り？」前原昭夫は声をかけた。山本は同期入社であり、出世の度合いも昭夫と似たようなものだ。

「うん。いろいろと雑用はあるんだけど、あとは来週まわしだ。おたくは何やってるの？　金曜日だってのに、遅くまでがんばるねえ」山本は鞄を手に昭夫の席までやってきた。パソコンの画面を見て、意外そうな顔をする。「何だよ、これ。この会議は来週の末だろ。その資料を今から用意してるわけか」

「早めに済ませとこうと思ってね」

「えらいねえ。何も金曜の定時後にしなくてもいいと思うけどなあ。残業手当がつくわけでもないのにさ」

「まあ、ちょっと気が向いたから」昭夫はマウスを操作してパソコンを終了させた。

「それよりどう、これから。久しぶりに『お多福』あたりで」酒を飲むしぐさをした。

「悪い。今日はだめなんだ。女房の親戚が来るとかで、早く帰ってこいっていわれてさ」山本は顔の前で手刀を切った。

「なんだ、残念だな」

「また今度誘ってくれよ。だけどおたくも早く帰ったほうがいいんじゃないの。ここんところずっと、定時後も残ってるみたいだけどさ」

「いや、いつもってわけじゃないけど」昭夫は作り笑いをした。人間というのは他人のことを見ていないようで見ているものだと思った。

「ま、無理しないほうがいいぞ」

お先に、といって山本は離れていった。

昭夫は壁の時計を見上げた。六時を過ぎたところだった。

何気ないふうを装い、彼は室内を見渡した。営業部のフロアには十人あまりが残っている。そのうち昭夫が統括している直納二課の課員は二人だ。一人は入社二年目の若手で、昭夫は彼と一対一で話すのを苦手にしていた。もう一人は昭夫よりも三歳下で、課内では最も話の合う存在だったが、アルコールは一滴も受け付けないという下戸だった。つまりどちらも飲み屋に誘える相手ではなかった。

昭夫はこっそりとため息をついた。仕方がない、今日は真っ直ぐ帰るか。

その時、携帯電話が鳴りだした。画面を見ると自宅からだった。瞬時に不吉な予感が胸中に広がるのを覚えていた。なんだろう、こんな時間に――。

「もしもし」

「ああ、あなた」妻の八重子（やえこ）の声がした。

「どうした」

「それが、あの、ちょっといろいろあって、早く帰ってきてほしいんだけど」

　妻の声には余裕がなかった。早口になっているのは、うろたえた時の特徴だ。予感が当たったようだと思い、憂鬱になった。

「なんだ。今、手が離せないんだけどな」予防線を張った。

「何とかならない？　大変なんだけど」

「大変って……」

「電話じゃ話しにくいのよ。どんなふうにいっていいかわからないし。とにかく、帰ってきて」

　彼女の吐く息の音が伝わってくる。かなり興奮しているようだ。

「一体、何に関することだ。それだけでもいってくれ」

「それが、あの……とんでもないことになっちゃったのよ」

「それだけじゃわからん。ちゃんと説明しなさい」

　しかし八重子からの返答はなかった。昭夫は苛立ち、もう一言何かいおうとした。その時彼の耳にすすり泣きが聞こえた。その途端彼は、自分の鼓動が速まるのを感じた。

「わかった。今すぐ帰るから」

　そういって電話を切ろうとすると、「ちょっと待って」と八重子がいった。

「なんだ」

「春美(はるみ)さんには、今夜は来てもらいたくないんだけど」

「来られるとまずいのか」

ええ、と八重子は答えた。

「何といって断ればいいんだ」

「だからそれは……」そのまま彼女は沈黙した。混乱して、考えがまとまらないようだ。

「じゃあ、俺から電話しておくよ。理由は適当にいっておく。それでいいな」

「すぐに帰ってきてくれるわね」

「ああ、わかった」昭夫は電話を切った。

彼の会話を聞いていたらしく、三歳下の部下が顔を上げた。「何かあったんですか」

「いや、それがよくわからないんだ。早く帰ってこいの一点張りでね。だから、その、これで失礼するよ」

「あ、はい。気をつけて」

大した用もないのに居残りをしているほうがおかしいんだ――部下の顔にはそう書いてあった。

昭夫は照明器具メーカーに勤務していた。東京本社は中央区の茅場町(かやばちょう)にある。地下鉄の駅に向かう途中、携帯電話で春美の家にかけた。春美は昭夫よりも四歳下の妹だ。今は田島という姓になっている。

電話には春美が出た。昭夫だと知ると、やや戸惑った声で、「何かあったの?」といきなり尋ねてきた。彼女としては、「おかあさんに」を略したつもりなのだろう。

「いや、別に何でもない。じつは先程八重子から電話があって、お袋はもう寝ちゃったらしいんだ。それでわざわざ起こすこともないだろうということで、今夜はそのままにしておこうということになった」

「じゃああたしは……」

「うん、今日は来てくれなくていい。明日、また頼むよ」

「ふうん……明日はいつも通りに行けばいいの?」

「それでいいと思う」

「わかった。うちもこれからやらなきゃいけないことがあるから、ちょうどよかった」

売り上げの計算か何かだろう。春美の夫は駅前で洋品店を経営している。

「そっちも忙しいだろうに、いつも悪いな」

「いいわよ、そんなこと」春美は低い声でいった。今更そんな台詞は聞きたくないという響きがある。

「じゃあ、また明日な」そういって昭夫は電話を切った。

会社を出て、少し歩き始めてから、傘を忘れてきたことに気がついた。朝、家を出る時には雨が降っていたのだ。いつやんだのか、昭夫は把握していなかった。今日はずっと会社にいたからだ。今から取りに戻るのも面倒なので、諦(あきら)めて駅に向かった。これで置き傘が三本になってしまった。

茅場町から地下鉄を乗り継いで池袋に出て、西武線に乗り換えた。電車は相変わらず混んでいる。身体の向きを換えることはおろか、手足を少し動かすのにさえ周りに気を遣う。四月半ばだというのに、人いきれで額(ひたい)や首筋に汗が浮いてくるほど蒸し暑い。

昭夫は辛うじて吊革の一つを確保した。正面の窓ガラスに疲れた顔が映っている。五十前の男の顔だ。ここ数年で、生え際がかなり後退した。目尻が下がったように見えるのは、顔の皮膚が緩んできたからだろう。眺めていて愉快なものではなく、彼は瞼(まぶた)を閉じた。

八重子からの電話について考えた。一体何があったのだろう。真っ先に思い浮かぶのは、母親の政恵(まさえ)のことだ。老母の身に何かあったのか。だがそれならば、八重子がああいう言い方はしないような気がした。ただ、春美には来てもらわないでくれといっている以上、政恵と無関係ではないようにも思える。

昭夫は思わず唇を歪めた。八重子からどんな無理難題をいわれるのかと想像するだけで気持ちが暗くなった。じつのところ、最近はいつもこうだ。会社から帰宅するなり、何らかの抗議を受ける。彼女がどれだけ嫌な思いをしているか、その忍耐の限界にきているかを、時には切々と、また時には激怒しながら訴えてくる。昭夫の役目はそれを聞くことだ。黙って聞き、決して反論しないことだ。少しでも彼女を否定するようなことをいえば、事態はもっと悪くなる。

急ぎの仕事があるわけでもないのに残業をするのは、家に早く帰りたくないからだった。帰宅したところで疲れた身体を休められる状況ではない。身体だけでなく、精神まで余計に疲れるだけだった。

同居さえしなければ、と後悔することもあるが、そこに至った経緯を振り返ると、結局こうするしかなかったのだと改めて思うだけのことだ。親と子の関係は断ち切れるものではない。

だけどよりによって、こんなことにならなくてもいいじゃないか――つい恨み言をいいたくなる。だがそれをぶつける相手など、どこにもいない。

3

昭夫が八重子と結婚したのは、今から十八年ほど前だ。上司の紹介で知り合い、一年間の交際を経た上でのゴールインだった。熱烈な恋愛関係になったわけではない。お互い、ほかに気に入った相手が出来るわけでもなく、特に別れる理由もなく、女性のほうが婚期を逃す前にはっきりさせたほうがいいということで、結婚に踏み切ったのだった。

独身時代、昭夫は独り暮らしをしていた。結婚後はどうするかということで、二人で何度か話し合った。どちらでもいいと八重子はいったが、結局昭夫が借りていた部屋で新婚生活をスタートさせることになった。実家には年老いた両親がおり、いずれは同居せねばならない。それまでは妻に余計な苦労をさせたくない、という思いからだった。

三年後に子供が生まれた。男の子だった。直巳（なおみ）というのは八重子が考えた名前だ。妊娠中から決めていたというのだった。

直巳が生まれてから、前原家の生活は微妙に変化し始めた。八重子は子育てを中心に物事を考えるようになった。それはそれでいいと昭夫は思ったが、それ以外の家事には全く意欲を示さなくなったのは不満だった。片付いていた部屋は荒れ放題になった。夕食がスーパーの弁当ということも珍しくなくなった。

それで注意すると、彼女は目をいからせた。

「育児がどれだけ大変か、わかってる？　部屋が汚れる程度のことが何よ。そんなに気に入らないなら、自分で掃除すればいいじゃない」

昭夫としては、自分が子育てにあまり貢献していないと自覚していたから、彼女の反論に対して、何もいい返せなかった。育児が大変だということはわかっている。それを放棄されないだけましだという思いもあった。

初孫が生まれたことは、当然、両親も喜んでくれた。孫の顔を見せるため、月に一度ぐらいの割合で実家に帰るのが、習慣となった。八重子も初めのうちはそれを嫌がっているふうではなかった。

だが何度目かに帰った時、政恵の一言が八重子を怒らせた。離乳食についてのアドバイスだったが、それが八重子の方針とまるで違うものだったのだ。彼女は直巳を抱くと、突然家を出てタクシーを拾い、自宅に戻ってしまった。

追うように帰宅した昭夫に八重子はこう宣言した。

「あたし、もうあの家には行かないから」

さらに彼女は、子育てや家事についてあれこれ文句をつけられることに対し、これまでどれだけ我慢してきたかを訴え始めた。まさに堰を切ったかの如くだった。昭夫がどんなに説得しようとしても、聞く耳を持たなかった。

仕方なく、当分実家には帰らなくていいと昭夫はいった。時間が経てば彼女の頭も冷えるだろうと思った。しかし一度生じた感情のもつれは、おいそれとは修復されなかった。

それから何年も、昭夫は両親に孫の顔を見せることができなかった。用があって実家に帰る必要がある時でも、いつも彼一人だった。当然のことながら、彼は両親から問い詰められた。孫に会わせてくれと頼み込まれた。

「夫の実家に行きたがる嫁なんかいないってことは、私が一番よくわかっているよ。舅や姑なんてものは鬱陶しいだけだからね。だから八重子さんはいいから、直巳だけでも連れてきてくれないかい。お父さんも寂しがってるし」

政恵にいわれ、昭夫は困惑した。両親の気持ちはわかる。だが八重子が納得するとは思えなかった。そもそも、そんなことをいいだす勇気がなかった。直巳だけを連れていくなどというと、彼女が激怒するに違いなかった。

そのうちに何とかするよ、といって昭夫はごまかした。もちろん、それについて八重子に話したことは一度もない。

そんなふうにして七年ほどが過ぎたある日、政恵から電話がかかってきた。父の章一郎が脳梗塞で倒れた、というのだった。意識がなく、危険な状態だという。

その時、昭夫は初めて八重子に同行するようにいった。父に会うのはこれが最後かもしれないから、という理由を添えた。さすがに八重子も、舅の臨終に立ち会わないのはまずいと思ったのか、拒否はしなかった。

八重子と息子を連れ、昭夫は病院に駆けつけた。待合室では青い顔をした政恵が座っていた。章一郎は血栓を溶かす治療を受けている、という話だった。

「お風呂から出て、煙草を吸ってたなと思ったら、急に倒れたのよ」政恵は泣きだしそうな顔でいった。

「だから煙草はやめさせたほうがいいといっただろ」

「そんなこといっても、お父さんの楽しみだから」政恵は苦しげにいった後、八重子を見た。「お久しぶり。わざわざごめんなさいね」

「いいえ。すっかりご無沙汰してしまって、申し訳ありませんでした」八重子は固い顔つきでいった。

「いいのよ、いろいろとお忙しいだろうから」政恵は八重子から目をそらし、母親の後ろに隠れるように立っている直巳に笑いかけた。「大きくなったねえ。わかる？おばあちゃんだよ」

挨拶しなさい、と昭夫はいった。直巳はぺこりと頭を下げただけだった。

春美も夫と共に駆けつけてきた。昭夫と少し言葉を交わした後、彼女は政恵を励ますように寄り添った。八重子のほうには見向きもしない。両親に孫を会わせない義姉に腹を立てているように見えた。

　気まずい空気が漂う中、昭夫は処置が終わるのを待った。治療がうまくいくことを祈るしかなかった。だが一方で、別のことも考えていた。このまま父が亡くなった場合のことだ。誰に知らせるか、葬儀はどうするか、会社には何といえばいいか――様々なことが頭に浮かんだ。

　暗い想像は膨らみ、葬儀後のことにまで及んだ。一人きりになった母親をどうすればいいだろう。当分は何とかなるかもしれないが、ずっと一人にしておくわけにはいかない。何らかの形で自分が面倒をみるしかない。しかし――。

　八重子は少し離れた椅子で、直巳と並んで座っていた。その顔に表情はなかった。直巳は状況がよくわかっていないのか、退屈そうにしていた。

　同居などはとても無理だ、と昭夫は思った。離れて暮らしていて、たまに会うだけでも、あれほどそりが合わなかったのだ。同じ屋根の下で暮らしたりすれば、どんなトラブルが起きるかわかったものではなかった。

　とにかく父には助かってほしい、と昭夫は念じた。いずれは向き合わねばならない問題だが、とりあえず先送りにしたかった。

この願いが通じたのか、章一郎は一命を取り留めた。左半身に少し麻痺が残ったが、日常生活に著しく支障を来すというほどでもなかった。退院までの日々はスムーズだった。退院後、昭夫はしばしば様子を尋ねる電話をかけたが、政恵から悲観的な言葉は出なかった。

そんなある日、八重子がこんなことを尋ねてきた。

「ねえ、もしあの時にお義父さんが亡くなってたら、あなた、お義母さんのことはどうするつもりだったの？」

苦しい質問だった。何も考えてなかった、と彼は答えた。

「同居とか考えなかったの？」

「そんなことまで頭が回らなかったよ。なんでそんなことを訊くんだ」

「だって、もしそんなことをいいだしたらどうしようかと思って」

八重子は、同居はしたくない、と断言した。

「あたし、悪いけどお義母さんとはうまくやっていく自信がないの。いつか面倒をみなきゃいけない日が来るかもしれないけど、同居だけは考えないで」

ここまではっきりといわれると、昭夫としては何もいい返せない。わかった、と短く答えた。そして、政恵が先に死んだほうがお互いにとっていいのかもしれないなどと考えた。八重子は、章一郎のことはさほど嫌っているように思えなかった。

だが事態は彼の希望するようには転がらなかった。

それから数ヵ月後のことだった。政恵が暗い声で電話をかけてきた。章一郎の様子がどうもおかしい、という内容だった。

「おかしいって、どうおかしいんだ」昭夫は訊いた。

「それがねえ、同じことを何度もいったり、逆に私がたった今しゃべったことを全然覚えてなかったり……」そういってから彼女はぼそりと呟いた。「ぼけてきてるのかなあ」

まさか、と昭夫は反射的に答えた。小柄だが頑健な身体を持ち、毎朝の散歩と新聞の精読を欠かさない父がぼけることなど、それまで考えたこともなかった。どこの家庭でも起こりうることと理解はしていたが、自分たちには無関係だと、特に根拠もなく信じていた。

とにかく一度様子を見に来てほしいといって政恵は電話をきった。

この話を八重子にも聞かせた。彼女は昭夫の顔を見つめていった。

「それで、あなたにどうしろってことなの？」

「だから、とりあえず状況を見に行くよ」

「で、もしお義父さんがぼけてたらどうするの？」

「それは……まだ考えてない」

「あなた、安請け合いしないでよ」

「安請け合い？」

「長男の責任ってのもあるでしょうけど、うちにはうちの生活があるんだから。直巳だってまだ小さいし」

ようやく八重子のいっている意味がわかった。ぼけ老人の世話を押しつけられたらかなわないと思っているのだ。

「おまえに面倒をかけたりしないよ。そんなことはわかってる」

それならいいけど、と八重子は疑わしそうな目をしていった。

その翌日、会社が終わった後、昭夫は父親の様子を見に行った。どんなふうにおかしくなっているのだろうと怖さに似た不安を抱え、門をくぐった。ところが出迎えてくれたのは、その章一郎だった。

「やあ、なんだ今日は。どうした？」

父はじつに快活に話しかけてきた。昭夫の仕事のことなども尋ねてくる。その様子を見るかぎり、ぼけの兆候など微塵も感じられなかった。

外出していた政恵が帰ってきたので、昭夫は自分の印象を語った。しかし彼女は当惑したように首を捻った。

「たしかに調子のいい日もあるんだけど、私と二人きりだとおかしくなるのよねえ」

「時々様子を見に来るよ。とにかく大したことがなさそうで安心した」そういってその日は辞去した。

そういうことが二度ほどあった。いずれも章一郎の様子におかしなところなど見受けられなかった。しかし政恵によれば明らかにぼけているのだという。

「昭夫と話したことなんて、殆(ほとん)ど覚えてないのよ。お土産の大福を食べたことさえ忘れてるんだから。やっぱり一度病院に連れていきたいから、お父さんを説得してくれない？　私がいっても、自分はどこも悪くないっていうばかりだから」

政恵に頼まれ、仕方なく昭夫は章一郎を病院に連れていった。脳梗塞の具合を再検査するためだと説明すると、章一郎は納得した。

診断の結果、やはり脳がかなり萎縮(いしゅく)していることが判明した。老人性痴呆症だった。

病院からの帰り、政恵は今後の生活についての不安を口にした。それに対して昭夫は、何ら具体的な解決策を提示できなかった。出来るかぎり協力する、という漠然とした台詞を述べただけだ。まだ事態をそれほど深刻に受け止めていなかったし、八重子に無断で何かを約束するわけにもいかなかった。

章一郎の症状は、それから急速に悪化した。そのことを知らせてくれたのは春美だった。

「兄さん、一度見に行ったほうがいいわよ。驚くから」

彼女の言葉は、不吉な想像を広がらせた。

「驚くってどういうことだよ」

「だから、行けばわかるわよ」それだけいうと春美は電話をきった。

数日後、昭夫は様子を見に行った。そして妹の言葉の意味を理解した。章一郎は変わり果てていた。やせ衰え、目には精気がなかった。それだけではない。彼は昭夫の姿を見た途端、逃げようとしたのだ。

「どうしたんだよ、親父。なんで逃げるんだ」

皺だらけの細い腕を摑み、昭夫はいった。すると章一郎は悲鳴のような声をあげ、手をふりほどこうとした。

「あんたのことがわかんないのよ。知らないおじさんが来たと思ったみたいね」後で政恵からそのように説明された。

「お袋のことはわかってるのか」

「わかる時もあるし、わからない時もある。おかあさんだと思ってる時もあるし……。この前は春美のことを自分の奥さんだと思ってた」

そんなことを話している間、章一郎は縁側に座って、ぼんやりと空を見ていた。二人の話は耳に入っていないようだった。その彼の指先は真っ赤だった。どうしたのかと昭夫が訊くと、政恵はこう答えた。

「お化粧ごっこをしたのよ」

「お化粧ごっこ？」

「私の化粧品をいじったらしいわ。口紅でいたずらして、指があんなふうになったの。小さい子供と一緒」

政恵によれば、幼児退行の症状を示す時もあるし、突然正常になる時もあるのだという。確実なことは、おそろしく記憶力が低下していることだった。自分のやったことさえも覚えていないのだという。

そういう人間と一緒に暮らすということがどういうことか、昭夫には想像もつかなかった。ただ、政恵の苦労が並大抵でないということだけはわかった。

「大変なんてものじゃないわよ」春美と二人で会った時、彼女は険しい顔をして昭夫にいった。「前にあたしが行った時、お父さんが暴れてたの。おかあさんのことをすごく怒ってた。見ると、部屋が荒らされてるの。押入の中のものが引っ張り出されて、そこらじゅうに散らばってた。お父さんは、自分が大切にしてた時計がない、おまえが盗んだんだろうっておかあさんを責めてるわけ」

「時計？」

「ずいぶん前に故障したからってお父さん自身が捨てたものよ。そういっても納得しない。あれがないと出かけられないといってだだをこねるの」

「出かけるって？」

「学校、といってたけど、何のことかはあたしにもおかあさんにもわからない。だけどね、そういう場合でも逆らってはいけないの。時計は探しておきますといって、ようやく落ち着かせたわ。学校へは明日行けばいいでしょうといって聞かせた」

昭夫は沈黙した。とても自分の父親の話だとは思えなかった。

今後どうするか、という話になった。春美は夫の両親と同居している。それでも可能なかぎりは政恵の手伝いをするつもりだといった。

「おまえにばっかり甘えるわけにはいかないんだけどなあ」

「だって、兄さんのところは無理でしょ」

春美は八重子の協力が期待できないことを仄めかしてくる。昭夫は黙っているしかなかった。

実際、八重子に章一郎のことを話しても、反応は冷たかった。お義母さんも大変ね、といった他人事のような感想が出てくるだけだ。そんな妻に、おまえも協力してくれよ、の一言が昭夫にはいえなかった。

それからしばらくして昭夫が様子を見に実家に帰った時のことだ。家に入ると汚臭がする。トイレが壊れたのだろうかと思って奥に進むと、政恵が章一郎の手を拭いているところだった。章一郎はきょろきょろと周りを見ている。そのしぐさは幼児そのものだった。

事情を訊いてみると、章一郎が自分の排泄物を紙おむつから取り出し、それで遊んでいたということだった。そのことを政恵はじつに淡々とした口調で述べた。こんなことはしょっちゅうで、今さら驚くことではない、といった表情だった。

彼女は明らかにやつれていた。ふっくらとしていた頬の肉は落ち、皺が増え、目の下は薄黒くなっていた。

施設に入れることを昭夫は提案した。金は自分が負担する、ともいった。だが同席していた春美は、呆れたように失笑した。

「兄さん、何にもわかってないのね。そんなこと、とっくの昔に考えたわよ。ケアマネージャーに相談して、探してもらった。でもね、断られたの。どこの施設も引き受けてくれなかったの。だからこんな状態になっても、おかあさんが看るしかないんじゃない」

「どうして断られるんだ」

「お父さんは元気すぎるの。元気な子供と同じ。大きな声を出して、ところかまわず走ったり暴れたりする。それでも子供みたいによく眠るんならいいけど、夜中に起きて動き回ることもしょっちゅう。そういう人を入れると、一人がつきっきりにならなきゃいけないでしょ。ほかのお年寄りに迷惑もかかる。ホームとしては断るのが当然なの」

「だけどそれじゃあ施設の意味がないじゃないか」

「あたしにいわないでよ。とにかく今も施設は探している最中だってこと。何しろ、デイサービスだって断られたんだから」

「デイサービス？」

そんなことも知らないのか、という目で春美は昭夫を見た。

「日中だけ面倒をみてくれる施設よ。係の人がおとうさんをお風呂に入れようとしたら、突然暴れてほかのお年寄りの椅子を倒しちゃったんだって。幸い、その人に怪我はなかったんだけど」

そんなにひどいのか、と昭夫は暗澹（あんたん）たる気分になった。

「とりあえず見つかったところはあるんだけど病院なの。それも精神科」

「精神科？」

「兄さんは知らないだろうけど、今、週に二度通ってるのよ。処方してもらった薬がよかったらしくて、突然暴れたりするのは少なくなった。そこの病院なら受け入れてくれるみたい」

何もかも初めて聞く話だった。自分は当てにされていないのだな、と昭夫は改めて思った。

「じゃあ、その病院に入院させたらどうだ。金は俺が払うし……」

だが春美は即座に首を振った。

「短期入院ならいいけど、長期はだめなの」

「どうして？」

「そこの病院で長期入院が認められるのは、在宅介護が不可能と判断されたケースにかぎられるんだって。おとうさん程度だと、在宅介護が可能だろうってこと。まあ実際、おかあさんがやっているわけだしね。ほかの病院も当たってみようと思ってるけど」

「いいわよ、もう」政恵がいった。「あちこち回って断られて、もう疲れちゃった。おとうさんは長い間家族のためにがんばってくれたんだから、やっぱり家でみてやりたいし」

「だけどそのままだと、お袋、身体を壊すぜ」

「そう思うんなら何とかしてやってよ」春美が睨んできた。「まあ、兄さんにはどうしようもないんだろうけど」

「……俺も施設とか探してみるよ。知り合いに当たったりして」

そんなことととっくの昔にやったわよ、と春美は吐き捨てるようにいった。

何とかしてやりたいと思いつつ、何も出来ない日々が続いた。諦めているのか、春美や政恵が泣きついてこないので、それをいいことに彼女らの苦労から目をそらしていた。良心の呵責(かしゃく)は、仕事に没頭し、自分にはほかにやるべきことがあると思い込むことでごまかした。実家へ様子を見に行くこともなくなった。

そんなふうにして数ヵ月が経った。章一郎が寝たきりになったということを春美が知らせてきた。意識が混濁しているし、言葉もろくに発せられなくなったという。

「もう長くないと思うから、最後に一度ぐらい顔だけでも見ておいたら？」春美は冷めた口調でいった。

昭夫が行ってみると、章一郎は奥の部屋で寝かされていた。殆ど眠ったままだった。目を開けたのは、政恵が紙おむつを交換する時だった。それでも意識があるのかどうかはわからなかった。その目は何も見ていないようだった。

昭夫は紙おむつの交換を手伝った。自分で動く意思のない人間の下半身はこんなに重いのか、と痛感した。

「お袋、こんなことを毎日やってるのか」思わずいった。

「ずっとやってるわよ。でもね、寝たきりになってくれたおかげで楽になった。前は暴れたりしたから」そう答えた政恵は、前にもまして痩(や)せていた。

虚(うつ)ろな目をしている父親を見て、昭夫は初めて思った。早く逝ってくれないか、と。

口に出すわけにはいかないその希望が叶ったのは、それから半年後のことだった。例によって春美が知らせてきた。

八重子と直巳を連れ、実家に向かった。直巳は物珍しそうにしていた。考えてみれば、赤ん坊の時以来、この家には来ていないのだった。祖父が死んだと聞かされても悲しそうな顔をしなかった。ろくに会ったこともないのだから当然といえた。

章一郎は、夜のうちに息を引き取ったということだった。だから最期の様子を政恵は見ていないわけで、それが心残りだと彼女はいった。もっとも、仮にずっと一緒にいたところで、眠っているのだろうと思い、気づかなかったかもしれないけれど、と笑った。

春美は八重子が詫びないことに腹を立てていた。何の手伝いもしなかったことについて、形だけでも政恵に謝ってほしいのにと昭夫にいった。

「おとうさんが死んでから来るなんて、ちょっとおかしいんじゃないの。うちの家が嫌なら、ずっと来なきゃいいのよ」

すまん、と昭夫は謝った。

「俺からよくいっておくよ」

「いいわよ、いわなくて。というか、どうせ、いわないんでしょ」

図星だったので、昭夫は黙り込んだ。

ともあれ章一郎の死は、昭夫が長年抱えていた悩みを解決してくれた。法事をすべて終えた時、彼は久しぶりに心の底から解放感を味わった。

しかし気持ちが安らいでいる時間はそれほど長くなかった。章一郎が死んで三年ほどが経った頃、今度は政恵が怪我をした。年末の掃除をしていて、転んで膝(ひざ)の骨を折ったのだ。

高齢なことに加えて、複雑骨折だった。手術をしたが、元のようには歩けなくなった。外出するには杖が必需品で、家の階段の上り下りは不可能だった。

そんな状態では、とても独り暮らしなどさせていられない。ついに昭夫は同居を決心した。

だがもちろん八重子は難色を示した。

「あたしには面倒をかけないといったじゃないの」

「一緒に暮らすだけだ。面倒はかけない」

「そんなことありえないわよ」

「足が悪いだけで、大抵のことは全部自分で出来るんだ。八重子が嫌だというなら、食事だって別でいい。足の悪い母親を一人でほうっておいたら、周りから何といわれるかわからないだろ」

散々話し合った結果、ようやく八重子は折れた。しかし昭夫に説得されたというより、一戸建てのマイホームを手に入れるにはこれしかない、という計算が働いたといったほうがいいかもしれない。不況が長引いたせいで昭夫の給料は長年据え置かれたままになっている。かつては夢見たマイホーム購入は、もはや絶望的な状況だった。「あたし、同居しても自分のスタイルを変える気はないから」八重子はこういって引っ越しを承諾したのだった。

約三年前、前原一家は昭夫の実家に移った。同居を前に、いくつか改装工事も行ってあった。内装の新しい部屋に入り、「やっぱり広い部屋はいいわね」と八重子は満足そうにいった。さらには驚いたことに、「これからよろしくお願いします」と政恵に頭さえ下げたのだ。

こちらこそよろしく、と玄関の前で答えた政恵も嬉しそうだった。彼女は杖をついていた。彼女が身振り手振りで家のことを話すたびに、杖についている鈴が楽しそうに鳴った。

これなら大丈夫、何とかなりそうだ――昭夫も安堵(あんど)した。

すべてが解決した、と思っていた。もう悩むことはない、と。

だがそうではなかった。その日は新たな苦悩が始まる日だったのだ。

暗い回想をしている間に電車は駅に到着した。昭夫は乗客の波に押されるようにしてホームに出た。

4

駅の階段を下りると、バスの停留所には長い列がいくつも出来ていた。彼はその中の一つに並ぼうとして足を止めた。すぐ横のスーパーマーケットの前で、くず餅の特売を行っていたからだ。政恵の好物だった。

「いかがですか」売り子の若い女性がにこやかに声をかけてきた。

昭夫は上着の内ポケットに手を入れ、財布を摑んだ。しかし同時に八重子の不機嫌そうな顔も浮かんだ。家でどんなトラブルが起きたのかは不明だ。そんな時に政恵の好物を持ち帰って、火に油を注ぐようなことにでもなったら目も当てられない。

「いや、今日はやめておくよ」詫びるようにいい、その場を離れた。

すると彼と入れ替わるように、三十歳ぐらいの男がくず餅の売り子に近づいた。

「すみません、ピンク色のトレーナーを着た女の子を見ませんでしたか。七歳なんですけど」

奇妙な質問に、昭夫は立ち止まって振り返った。男性は写真を売り子に見せている。

「これぐらいの身長で、髪は肩ぐらいまでです」

売り子の女性は首を捻った。

「女の子が一人なんですよね」

「そのはずです」

「じゃあ、見なかったと思います。すみません」

男性は失望した様子で礼を述べると、そこから離れた。そしてスーパーマーケットのほうへ歩いていった。同様の質問を繰り返すつもりなのだろう。

迷子らしいな、と昭夫は察した。七歳の女の子が、この時間になっても家に帰らないのなら、心配して駅まで探しにくるのも当然だろう。あの男性はこの近くに住んでいるに違いない。

ようやくバスが来た。列に従って昭夫も乗り込んだ。バスも混み合っていた。どうにか吊革を確保した時には、先程の男性のことは忘れていた。

バス停まで約十分間バスに揺られ、昭夫はそこからさらに五分ほど歩いた。一方通行の道が碁盤の目のように走っている住宅地だ。バブル景気の頃は、三十坪程度の家が一億円の値をつけた。あの時に何とか両親を説得して家を売っておけば、と今でもまだ悔いている。一億円あれば、介護サービス付きの老人用マンションに二人を入れることができた。残った金を頭金にすれば、昭夫たちも念願のマイホームを手に入れられたかもしれない。そうしていれば、今のような状況にはならなかっただろう。もはやどうしようもないとわかりつつ、考えずにはいられなかった。

昭夫が売りそびれた家の門灯は消えていた。錆(さび)の浮いた門扉(もんぴ)を押し開き、玄関のドアノブを捻った。だが鍵がかかっている。珍しいこともあるものだと思いながら、自分の鍵を取り出した。戸締まりにはいつもうるさくいうのだが、八重子がきちんと施錠していることはめったにない。

家の中はやけに暗かった。廊下の明かりが消えているからだ。一体何をしてるんだ、と昭夫は思った。人の気配がまるでなかった。

靴を脱いでいると、すぐそばの襖(ふすま)がすっと開いた。ぎくりとして彼は顔を上げた。八重子が緩慢な動作で出てきた。黒のニットを着て、デニムのパンツを穿(は)いている。家にいる時、彼女はめったにスカートを穿かない。

「遅かったのね」けだるいような口調で彼女はいった。

「電話の後、すぐに会社を出たんだけど――」そこまでいったところで声を途切れさせた。八重子の顔を見たからだ。顔色が悪く、目が充血している。その目の下には隈(くま)が出来ており、急に老け込んだように見えた。

「何があったんだ」

　だが八重子はすぐには答えず、ため息を一つついた。乱れた髪をかきあげ、頭痛を抑えるように額に手をあててから、向かいのダイニングルームを指差した。「あっちよ」

「あっちって……」

　八重子がダイニングルームのドアを開けた。そこも真っ暗だった。

　かすかに異臭が漂っている。キッチンの換気扇が回っているのはそのせいだろう。臭いの原因を尋ねる前に、昭夫は手探りで明かりのスイッチを入れようとした。

「点けないでっ」小声だが厳しい口調で八重子がいった。昭夫はあわてて手を引っこめた。

「どうしたんだ」

「庭を……庭を見て」

「庭？」

　昭夫は鞄をそばの椅子に置き、庭に面したガラス戸に近づいていった。カーテンがぴったりと閉じられている。彼はおそるおそるカーテンを開けた。

　庭は形だけのものだった。一応芝生を敷いてあり、植え込みなどもあるが、二坪ちょっというところだ。むしろ裏庭のほうに面積を取ってある。そちらが南になるからだ。

昭夫は目を凝らした。ブロック塀の手前に黒いビニール袋が見える。変だなと思った。今では黒いビニール袋をゴミ捨てに使うことはない。

「なんだ、あの袋は」

彼が訊くと、八重子はテーブルの上から何か取り上げ、無言で彼のほうに差し出した。

それは懐中電灯だった。

昭夫は八重子の顔を見た。彼女は目をそらした。

彼は首を傾げ、ガラス戸のクレセント錠を外した。戸を開け、懐中電灯のスイッチを入れる。

照らしてみると、何かの上に黒いビニール袋をかぶせてあるだけのようだった。彼は腰を屈め、その下にあるものを覗き込んだ。

白い靴下を履いた、小さな片足が見えた。もう一方の足は、同じように小さな運動靴を履いていた。

何秒間か、昭夫の頭は空白になっていた。いや、それほど長い時間ではなかったかもしれない。とにかく彼は、そこにそんなものがあることの意味を咄嗟には理解できなかった。小さな足に見えるそれが、実際に人間の足なのかどうかということも、確信が持てないでいた。

昭夫はゆっくりと振り返った。八重子と目が合った。

「あれは……何だ」声がかすれた。

八重子は唇を舐めた。口紅はすっかり剝げ落ちている。

「どこかの……女の子」

「知らない子か」

「そう」

「どうしてあんなところに？」

答えず、八重子は目を伏せた。

昭夫は決定的なことを訊かねばならなかった。

「生きてるのか」

八重子が頷くことを願った。だが彼女は無表情のまま、ぴくりとも動かない。

全身が一瞬にして熱くなるのを昭夫は感じた。そのくせ手足は氷のように冷たい。

「どういうことだ」

「わからない。あたしが帰ってきたら、庭に倒れてたのよ。それで、人目についちゃいけないと思って……」

「ビニール袋をかけたのか」

「そうよ」

「警察には？」

「知らせるわけないでしょ」反抗的ともいえる目で見返してきた。

「だけど、死んでるんだろ」

「だから……」彼女は唇を嚙んで横を向いた。苦痛そうに顔を歪めている。

突然、昭夫は事態を理解した。妻の憔悴の理由も、「人目についちゃいけないと思って」の意味も判明した。

「直巳は？」昭夫は訊いた。「直巳はどこにいる」

「部屋にいるわ」

「呼んでこい」

「それが、出てこないのよ」

目の前が絶望的に暗くなった。少女の死体と息子は、やはり無関係ではないのだ。

「何か訊いたのか」

「部屋の外から少し……」

「どうして部屋に入っていかない？」

だって、といって八重子は上目遣いに昭夫を見た。恨めしそうな色がある。

「まあいい。何といって訊いたんだ」

「あの女の子は何って……」

「あいつ、何といってる？」

「うるさいって。どうでもいいだろって」

直巳がいいそうなことではある。その時の声の感じまで昭夫には想像できた。しかし、こんな状況でもそんな物言いしかできないのかと思うと、あれが自分の息子とは信じたくない気分だった。

「寒い……閉めてもいい？」八重子はガラス戸に手をかけた。庭のほうを見ないようにしているようだ。

「本当に死んでるのか」

八重子は黙ったまま頷いた。

「たしかか？　気を失ってるだけじゃないのか」

「もう何時間も経ってるのよ」

「だけど」

「あたしだって、そう思いたかったわよ」絞り出すような声で彼女はいった。「でも、一目見てわかったんだもの。あなただって、すぐにわかったわよ」

「どんなふうだった」

「どんなふうって……」八重子は額に手を当て、その場にしゃがみこんだ。「この床が、おしっこで汚れてた。あの女の子が漏らしたみたい。女の子は目を開けたままで……」それ以上は続けられないらしい。嗚咽が漏れた。

異臭の理由を昭夫は悟った。たぶん女の子は、この部屋で死んだのだ。

「血は出てなかったか」

八重子は首を振った。「出てなかったと思う」

「本当か。血は出ていなくても、どこかに傷とかはなかったか。転んで頭を打ったような形跡とか」

事故であってほしいと彼は願っていた。だが八重子は再びかぶりを振った。

「そういうのは気がつかなかった。でも、たぶん……首を絞めたんじゃないかしら」

胸に鈍痛が走るほど、心臓が大きく跳ねた。昭夫は唾を飲み込もうとしたが、口の中は乾いていた。首を絞めた？　誰が？　――。

「どうしてわかる？」

「何となく……よ。首を絞められた死体は、おしっことかを漏らしてることがあるって聞いたことがあるし」

それは昭夫も知っていた。テレビドラマで見たか、小説で読んだかしたのだろう。

懐中電灯が点けっ放しになっていた。彼はスイッチを切り、テーブルに置いた。そのままドアに向かった。

「どこへ行くの？」

「二階だ」

決まってるだろう、という言葉は飲み込んだ。

一旦廊下に出て、古い階段を上がっていった。階段の明かりも点いていない。しかし昭夫はスイッチを入れる気にはなれなかった。暗闇の中で、息をひそめていたかった。先程、明かりを点けるなと叫んだ八重子の気持ちが、よくわかる。

階段を上がって左側が直巳の部屋だった。ドアの隙間から明かりが漏れている。近づくと、何やら賑やかな音が聞こえてきた。昭夫はドアをノックした。返事はなかった。彼は一瞬ためらった後、ドアを開いた。

直巳は部屋の中央で胡座をかいていた。まだ大人になりきらない身体は、手足が異様に細長い。両手で持っているのはゲーム機のコントローラだ。彼の目は一メートルほど前にあるテレビ画面に向いたままだった。父親が入ってきたことにさえ気づいていないように見えた。

「おい」昭夫は中学三年の息子を見下ろして呼びかけた。

だが直巳は反応しなかった。指先だけが細かく動いている。画面ではコンピュータによって作られたリアルな登場人物たちが殺戮を繰り返していた。

「なおみっ」

昭夫が強い口調で呼ぶと、ようやく彼は首をほんの少し捻った。舌打ちをする気配がある。うるせえな、と呟いたようだ。

「あの子供は一体何だ」

直巳は答えない。苛立ったように指だけを動かしている。

「おまえがやったのか」

直巳の唇の端が、引きつるように動いた。

「わざとやったんじゃねえよ」

「当たり前だ。どうしてあんなことになったんだ」

「うるせえなあ、知らねえよ」

「知らないなんてことがあるか。おい、ちゃんと答えろ。あの子はどこの子だ。どこから連れてきた」

直巳の息が荒くなった。だがやはり何も答えようとはしなかった。目を見開き、必死でゲームにのめり込もうとしている。厄介な現実から逃げたがっているようだ。

昭夫は立ち尽くしたまま、一人息子の茶色い頭を見下ろしていた。テレビモニターからは派手な効果音や音楽が流れてくる。キャラクターたちの悲鳴や怒声も混じっている。

息子の手からコントローラを奪いたかった。テレビの電源を切ってしまいたかった。だがこんな時でも昭夫にはそれができなかった。前に一度、そういうことをしたら、直巳が半狂乱になって家中のものを壊したことを覚えているからだ。力ずくで組み伏せようとしたら、逆にビール瓶で殴りかかってきた。ビール瓶は昭夫の左肩に振り下ろされた。おかげで約二週間、彼は左腕を使えなかった。

昭夫は息子のベッドの横を見た。ＤＶＤやマンガ雑誌が山積みされている。あどけない顔の少女が淫らな格好をしている表紙が見えた。

背後で物音がした。振り返ると八重子が廊下から顔を出していた。

「直君、おかあさんたちに話をしてちょうだい。お願いだから」

媚びたような調子。何が「直君」だ、と昭夫は苛立った。

直巳が何もいわないので、八重子は部屋に入ってきて、彼の後ろに座った。右肩に手を置く。

「ね、お願いだから、わけを聞かせて。ゲームはそれぐらいにして」

彼女は息子の肩を軽く揺すった。その途端、モニターに何かが破裂するような画面が出た。ああ、と直巳は声をあげた。ゲームオーバーのようだ。

「何すんだよっ」

「直巳っ、いい加減にしろ。何が起きたかわかってるのか」

思わず昭夫が怒鳴ると、直巳は手にしていたコントローラを床に放り出した。口元を曲げ、父親を睨みつけてくる。

「あっ、やめなさい。あなたも、そんな、大きな声を出さないで」八重子は直巳をなだめるように両肩に手を置き、昭夫のほうを見上げた。

「説明しろといってるんだ。あのままにしておいて済むと思ってるのか」

「うるせえよ、関係ねえだろ」

ほかに言葉を知らないのか、と昭夫は興奮した頭の片隅で考えていた。とんでもないばかだ。

「わかった。じゃあ、何もいわなくていい。警察に行こう」

彼の言葉に母と息子は同時に固まった。

八重子が目を剝いた。「あなた……」

「だって仕方がないだろう」

「ふざけんなよ」直巳が暴れ出した。「なんで俺がそんなとこ行かなきゃいけねえんだよ。行かねえぞ、俺は」そばにあったテレビのリモコンを摑み、昭夫に向かって投げつけた。昭夫がよけると、リモコンは壁に当たって落ちた。その拍子に中の電池が飛び出し、散らばった。

「あっ、あっ、直君、落ち着いて、お願い、おとなしくして」八重子は抱きつくようにして直巳の手を押さえた。「行かなくていいから。警察なんか、行かなくていいから」

「何をいってる。そんなわけにいかんだろう。適当なことをいって、今だけこいつをなだめても無意味だぞ。どうせいずれは――」

「あなたは黙っててっ」八重子は叫んだ。「とにかく出ていって。あたしが訊くから。ちゃんと訊くから」

「俺は未成年なんだからな。未成年のやったことは親に責任があるんだからな。俺は知らねえからな」

母親の身体に守られた状態で、直巳は喚き、昭夫を睨んでいた。その顔に反省や後悔の色など微塵もない。どんな時でも自分は悪くなく、すべての責任は周りの人間にあるのだと甘え続けてきた顔だ。

これ以上何かいっても、直巳が心を開くとは思えなかった。

「しっかり聞き出すんだぞ」それだけいって昭夫は部屋を出た。

5

階段を下りると、ダイニングルームではなく、廊下を挟んだ向かい側の和室に入った。昭夫が帰宅した時、八重子が出てきた部屋だ。テレビと座卓と小さな茶箪笥があるだけの殺風景で狭い部屋だが、彼が唯一落ち着ける場所だった。八重子もここで気持ちを静めようとしていたのだろう。

畳に両膝をつき、座卓に片手を載せた。あの死体をもう少しよく見ておかねばと思うが、鉛(なまり)の鎧(よろい)を着たように全身が重かった。ため息も出ない。

直巳の喚き声は聞こえてこなかった。八重子がうまく話を引き出しているのだろうか。

いつもの調子で、まるで幼児の機嫌をとるように話しかけているに違いなかった。直巳は小さな頃から癇癪(かんしゃく)持ちだったので、いつの間にかそれが八重子のスタイルになってしまったのだ。昭夫は気に食わなかったが、子育ての大半を彼女に任せてきた以上、うるさいことはいえなかった。

それにしても一体何があったのか。

だが全く想像がつかないわけではなかった。直巳がしたことを、昭夫は漠然と思い描くことができた。二ヵ月ほど前に、八重子からある話を聞かされていたからだ。

その日の夕方、彼女が買い物から帰ると、庭からダイニングルームへの上がり口で、直巳が近所の女の子と並んで座っていたという。彼はコップを持っていて、女の子に何かを飲ませようとしているところだった。だが八重子を見ると直巳はコップの中身を庭に捨て、女の子を帰した。それだけならば問題はない。だが後で八重子が調べてみると、日本酒の瓶を触った形跡があった。

女の子を酔わせて、悪戯しようとしていたのではないか、と彼女はいうのだった。

まさか、と昭夫は笑ってみせた。冗談として聞き流したかった。しかしそんな彼に八重子は真剣な目をして訴えたのだった。直巳には幼女趣味があるのではないか、と。

「家の前の道を小さな子が通りかかったりすると、じっと見てたりするのよ。それに、この前のお葬式の時、直巳はやたら絵理香ちゃんのそばに行きたがってたでしょう？　相手は小学校に上がったばかりの女の子よ。変だと思わない？」

たしかにそれらの話には、直巳の異常性を感じさせるものがあった。だが昭夫には何ら対策が思いつかなかった。というより、思考が空回りしていたというべきかもしれない。思いもかけなかったことを知らされて、彼自身が混乱していたのだ。何とかしなければという思いより、そんなことは勘違いであってほしいと願う気持ちのほうが強かった。

「とりあえず、様子を見るしかないかな」考えた末に出した答えがそれだった。

八重子がこの答えに満足しているはずはなかった。それでもしばらく沈黙した後、そうねと呟いた。

その日以後、昭夫は、なるべく息子の様子を窺ってみることにした。しかし彼が見るかぎり、直巳に幼女趣味のようなものがあるとは思えなかった。もっとも、彼は息子のすべてを見ているとはとてもいえなかった。そもそも顔を合わせることが極めて少ないのだ。昭夫が家を出る時には直巳はまだ布団の中だし、会社から帰った時にはすでに部屋に籠もっている。土曜か日曜の食事時だけが、空間を共有する数少ない時間だった。その時にしても直巳は極力父親の顔を見ないようにし、やむをえず話をしなければならない時でも、最小限以下の言葉で済ませようとした。

直巳がいつからあんなふうになったのか、昭夫は正確には把握していない。多少感情の起伏が激しくはあったが、小学生の時は親のいうこともきいたし、叱れば改める素直さもあった。ところがいつからか、昭夫には手に負えない存在になってしまった。何か注意してもまるで無反応であり、それに苛立ってさらに叱りつけたりすると、今度は逆上して暴れだすという有様だった。

昭夫は息子と接触する機会を減らそうとした。いずれは反抗期も過ぎるに違いないと、自分に都合よく期待していた。

あの時にしても、一人息子に異変が生じているならば何とか早めに芽を摘み取ろう、などという積極性はなかった。むしろ、仮に何らかの問題が発生していたとしても、自分の目の前でだけはその気配を感じさせないでくれと願っていた。

あそこで何か手を打っておけば、と昭夫は空しい後悔をする。しかし、どんな対策を講じればよかったのだろう。

みしり、と木の軋む音がした。八重子が階段を下りてくるところだった。口を半開きにし、じっと昭夫を凝視しながら部屋に入ってきた。

彼女は座り込むと、ふうーっと息を吐いた。その顔には幾分赤みがさしていた。

「聞いたのか」昭夫はいった。

八重子は夫に横顔を見せたまま頷いた。

「何といってる」

唇を開く前に、八重子は唾を飲んだ。

「首を、絞めたって」

昭夫は思わず目をつぶった。わかっていたことではあるが、万に一つ、何かの間違いであることを夢想していたのだ。

「どこの子だ」

彼女は首を振った。

「知らないといってるわ」

「じゃあ、どこから連れてきたんだ」

「道で会っただけで、自分が連れてきたんじゃなく、勝手についてきたんだって」

「馬鹿な。そんな話を信じたのか」

「信じられないけど……」彼女は後の言葉を呑み込んだ。

昭夫は拳を固め、座卓を叩いた。

直巳は街をぶらつきながら、適当な獲物を探していたのかもしれない。あるいは、彼の好みの少女を見つけた途端、胸の中に巣くっていた魔性の何かが目覚めたのかもしれない。いずれにしても、彼のほうから近づいたに違いなかった。少女の親は、知らない人間には絶対についていくなと日頃から厳しくいっていたと思われるからだ。幼い子供が襲われることの多い昨今、どの親も神経を尖らせている。

だがまさか自分の息子が襲う側の人間になろうとは――。

直巳が言葉巧みに少女の心を摑もうとしている様子を昭夫は想像した。自分の好きな相手に対する時や、自分の我が儘をきいてもらおうとする時、彼が驚くほど優しい物言いをすることを昭夫は知っていた。

「なぜ首を絞めたんだ」

「一緒に遊ぼうと思ったのに女の子がいうことをきかないから、脅かすつもりで絞めたっていってるわ。死なせる気なんかなかったって」

「遊ぶって……中学生が小さい女の子と一体どんな遊びをするつもりだったんだ」

「知らないわよ、そんなこと」

「訊かなかったのか」

八重子は黙っている。訊けるわけがないとその横顔は語っていた。

昭夫は妻を睨みつけながら、訊く必要もないのかもしれないと思った。テレビのニュース番組でしばしば耳にする、「幼い少女に悪戯しようとして」というフレーズを思い出していた。その「悪戯」の内容について詳しく考えたことはなかった。今、こういう局面になっても、考えたくはなかった。

しかし、「脅かすつもりで」というのが、たぶん事実と違うことは想像がついた。本性を剝き出しにした直巳の前で、女の子は抵抗し、騒いだのだ。それを防ぐため、彼は少女の首に手をかけた。手加減などしなかったから、少女は動かなくなったのだ。

「どこで殺したんだ」

「ダイニング……」

「あんなところで？」

「一緒にジュースを飲もうとしたって」

そのジュースに酒か何かを仕込むつもりだったのだろう、と昭夫は推測した。

「殺した後、どうしたっていってる」

「女の子がおしっこを漏らしてたから、床が汚れると思って、庭に転がしたって」

それでダイニングルームに異臭が漂っていたらしい。

「……それから？」

小さな子供を殺しておいて、気にしたことは床が汚れることだけだったとは——。

だが直巳の頭の中が全くわからないわけではなかった。むしろその時の彼の心境は、昭夫には手に取るように推測できた。直巳は面倒なことになったと思い、その面倒から逃れるために部屋に籠もったのだ。先々のことなど考えているはずがない。とにかく女の子の死体をああしておけば、父や母が何とかするだろうと思ったのだ。

茶簞笥の上に電話の子機が置いてある。昭夫はそれに手を伸ばした。

「何するのっ」八重子が声を上げた。

「警察に電話する」

「あなた……」

電話を持つ昭夫の腕に彼女はしがみついてきた。その手を彼はふりほどいた。

「仕方がないだろう。もう取り返しがつかないんだよ。あれじゃあどう見たって、女の子は生き返らない」

「でも、だって、直巳が」八重子は諦めずに取りすがってきた。「あの子の将来はどうなるの？　人殺しってことで、一生生きてかなきゃならないのよ」

「しょうがないじゃないか。やってしまったんだから」

「あなたはそれでいいの？」

「よくはない。だけどほかにどういう方法があるっていうんだ。自首させれば、まだ未成年だし、更生するチャンスだって与えられる。名前も公表されない」

「そんなこと嘘よっ」彼女は険しい目をした。「新聞とかには名前は出ないかもしれないけど、このことは一生ついてまわるのよ。あの子がまともな人生を送れるとは思えない。きっと、ひどいことになるわ。めちゃくちゃになっちゃうわ」

もうすでに俺の人生はひどいし、めちゃくちゃだよと昭夫はいいたかった。だがそれを口にする気力もなく、彼は子機のボタンを押そうとした。

「あっ、やめて」

「諦めろ」

むしゃぶりついてくる八重子の胸を、昭夫はどんとひと突きした。彼女は後ろに倒れ、茶簞笥に肩をぶつけた。

「もう、おしまいなんだよ」昭夫はいった。

八重子は放心した顔で夫を見返すと、茶簞笥の引き出しを開けた。そのまま手探りで何かを取り出してきた。それが先の尖った鋏（はさみ）であることに気づき、昭夫は息を呑んだ。

「何をする気だ」

彼女は鋏を握りしめ、その先端を自分の喉元に当てた。

「お願い。電話しないで」

「馬鹿なことをするな。気でも狂ったのか」

鋏を構えたまま、彼女は激しくかぶりを振った。

「脅かしでやってるんじゃないわよ。本当に死ぬ気なんだから。あの子を警察に渡すくらいなら、このまま死んだほうがまし。後のことはあなたに全部任せる」

「やめろ、鋏をはなせ」

しかし八重子は歯を食いしばったままで、姿勢を変えなかった。

まるで安手のドラマじゃないか、と昭夫はふと思った。人殺しなどという深刻な事態が絡んでいなければ、あまりに芝居がかった態度に失笑を漏らしていたかもしれない。まさかこの局面で彼女が自分に陶酔しているとは思えなかったが、これまでに目にしてきたテレビドラマや小説が、彼女にこうした行動を思いつかせたことは間違いなさそうだった。

八重子が本当に死ぬ気なのかどうか、昭夫は見極められなかった。仮に現時点では本気でなくても、それを見破られたことで逆上し、衝動的に喉を突いてしまうことは避けねばならない。

「わかった。俺は電話を置くから、おまえも鋏を離せ」

「いや。あたしがこれを離したら、電話する気でしょう」

「しないといってるだろ」昭夫は子機を元の場所に戻した。

だが信用できないのか、八重子は鋏を置こうとしない。疑念のこもった目を夫に向けてくる。昭夫は吐息をつき、畳の上に胡座をかいた。

「どうする気なんだ。このままじゃ済まないぞ」

しかし八重子は答えない。このままではどうしようもないことは彼女にもわかっているはずだった。少女の家も騒ぎ出しているだろう。

そう思った時、駅前にいた男性のことが蘇（よみがえ）った。

「女の子の服、見たか？」昭夫は訊いた。

「服？」

「ピンクのトレーナーを着てなかったか」

ああ、と声を漏らしてから、八重子は小さく首を振った。

「トレーナーかどうかはわからないけど、ピンク色だった。それがどうかしたの？」

昭夫は髪に手を突っ込み、頭をがりがりと掻いた。そして駅前で見たことを八重子に話した。

「あれはたぶん父親だろう。あの様子からすると、早々に警察にだって届けてるかもしれない。おまわりがこのあたりを見回りに来たら、すぐに見つかっちまう。どの道、逃げられないいんだ」それにしても、と彼は続けた。「あの人が探してた女の子が、うちにいるとはな。しかもあんな姿で……」

顔はよく見ていないが、くず餅の売り子に尋ねていた男性の背中には、必死の思いが漂っていた。今日まで娘を大事に育ててきたに違いない。そんなことを思うと、あまりの申し訳なさに胸がつぶされそうだった。

八重子は鋏を両手で握りしめたままだった。その格好で何か呟いた。声が小さくて聞こえなかった。

「えっ、何だって?」昭夫は訊いた。

彼女は顔を上げていった。「捨ててきて」

「えっ……」

「あれを」唾を飲み込み、続けた。「どこかに捨ててきて。あたしも手伝うから」

お願いします、と最後に頭を下げた。

昭夫は大きく息を吐き出した。

「おまえ、それ、本気でいってるのか」

八重子は頭を下げたまま動かない。彼が同意するまでは、石になっているつもりのようだった。

昭夫は呻いた。呻き声の後に、「無茶だよ、それは」と続けた。

八重子の背中が小刻みに震えていた。しかし顔を上げようとはしない。

無茶だ——昭夫は口の中で繰り返した。だがそう呟きながら、彼女のこの提案をじつは自分も待っていたことを自覚していた。そのことはずっと頭の隅にこびりついていたが、敢えて目をそらし、考えまいとしてきたのだ。考え始めれば、たやすくその誘惑に負けてしまいそうで怖かった。

そんなことはできるわけがない、うまくいくはずがない、かえって自分たちを追い込むだけだ——理性的な反論が頭の中を駆け巡っていた。

「どうせ」八重子が俯いたままでいった。「どうせ、あたしたちはおしまいよ。あの子を自首させたところで、もうまともに生きていくことなんてできやしない。あたしたちはあの子をあんなふうに育てた罪を償わされる。自首させたって、誰もあたしたちを許してなんかくれない。あたしたちは何もかも失うのよ」

読経のように抑揚のない口調だった。混乱が極限に達しているから、感情を込めることさえできないのだろう。

しかし彼女のいうことは事実かもしれなかった。いやおそらくそのとおりだろうと昭夫も思った。たとえ直巳に自首させたところで、自分たちが人から少しでも同情される余地など全くない。殺された女の子には何の罪もないのだ。

「捨てるといったって、そんなこと、無理だろ」昭夫はいった。この台詞が重大な一歩だということはわかっていた。無理という一言は、拒絶とは違うのだ。

「どうして？」彼女は訊いてきた。

「どうやって運ぶんだ。遠くになんて行けないぞ」

昭夫は運転免許証を持っていたが、車を所持していなかった。古いこの家に駐車スペースがなかったからというのが主な理由だ。また、八重子はともかく昭夫は、マイカーの必要性をさほど感じたことがなかった。

「だったら、どこかに隠すとか……」

「隠す？　この家のどこかに隠せっていうのか」

「一時的によ。その後、じっくりと処分すれば……」

八重子の言葉の途中から昭夫は首を振り始めていた。

「だめだ。やっぱりだめだ。あの女の子と直巳が一緒にいるところを、誰かに見られてるかもしれないじゃないか。もしそうだったら、警察はすぐにうちに来る。家の中だって調べられるだろう。死体が見つかったら、どうにも言い訳できない」

昭夫は再び茶簞笥の上の電話機に目を向けた。無意味な議論をしているような気がしていた。警察がここへ来るからには、死体がどこで見つかろうと同じだと思った。

彼等の疑念を払拭させられる自信などまるでなかった。

「今夜中に移せば、何とかなるかもしれない」八重子が口を開いた。

「えっ……」

彼女が顔を上げた。

「遠くじゃなくてもいいから、どこか別のところに移せば……別のところで殺されたように見せかけて」

「別のところって？」

「それは……」八重子は答えを出せぬまま項垂れた。

その時、昭夫の背後でかすかに衣擦れの音がした。彼はぎくりとして振り返った。廊下に落ちた影が動いていた。政恵が起きてきたらしい。調子の狂った鼻歌が聞こえる。昔の童謡らしいが、昭夫は題名を知らない。トイレのドアが開き、中に入っていく気配がした。

「こんな時に」顔を歪め、八重子が呟いた。

昭夫たちが沈黙する中、間もなくトイレの水が流された。ドアの開閉する音。そして素足で廊下を歩く、ひたひたという音が、遠ざかっていく。

水の流れる音は続いていた。奥の間の襖が閉じられると同時に八重子は立ち上がった。廊下に出て、トイレのドアを開ける。水の音は止まった。手洗い用の蛇口が開けっ放しになっていたのだろう。いつものことだ。

ばんと大きな音をたて、八重子はトイレのドアを閉めた。昭夫はぎくりとした。

彼女は壁にもたれ、そのまま崩れるように廊下にしゃがみこんだ。両手で顔を覆い、吐息をついた。

「もう最悪。死んじゃいたい」

俺のせいなのか——喉元まで出かかったその言葉を昭夫は呑み込んだ。

彼は赤茶色に変色した畳に目を落とした。その畳が青かった頃のことを覚えていた。彼はまだ高校を出たばかりだった。親父はあんなに一生懸命に働いて、この程度の家しか建てられないのか。そんなふうに父親を内心で罵(ののし)っていた。

しかし、と昭夫は思う。自分は果たして何をしてきただろう。馬鹿にした小さな家に戻ってきて、まともな家庭さえも築けないでいる。それだけならまだしも、他人の家庭まで不幸にしてしまった。その要因を作り出してしまった。

「公園はどうかな」彼はいった。

「公園？」

「そこの銀杏(いちょう)公園だ」

「あそこに死体を？」

「うん」

「放り出しておくの？」

「いや」彼は首を一度振った。「公衆トイレがあっただろう。あそこの個室に隠しておこうかと思う」

「トイレに……」

「それなら、うまくすれば発見が遅れるかもしれない」

「そうね。いいかもしれない」八重子が四つん這いで部屋に入ってきた。彼の顔を覗き込んできた。「いつ、運ぶ？」

「夜中だ。二時頃……かな」

昭夫は茶箪笥の上の時計を見た。まだ八時半を少し過ぎたところだった。

押入から畳んだ段ボール箱を引っ張りだした。三ヵ月前に乾燥機を買った時のものだ。電器屋が取り付けに来た時、箱は置いていってくれと頼んだ。余った座布団を入れておくのにちょうどいいと八重子がいったからだ。結局、箱は使わなかったのだが、こんなことに役立つとは、その時の昭夫は夢にも思わなかった。

彼はそれを持って、庭に降り立った。箱を組み立ててから、黒いビニール袋をかぶせたままの、少女の死体の横に置いた。見たところでは、うまく入りそうに思えた。

昭夫は段ボール箱を再び畳み、部屋に戻った。八重子はダイニングチェアに腰掛け、両手で頭を抱えている。乱れた髪が落ちて、顔はよく見えない。

「どうだった？」その姿勢のまま、彼女が訊いてきた。

「うん……入りそうだ」

「入れてないの？」

「だって、まだ時間が早いだろう。庭でごそごそしていて、誰かに見られたりしたらまずいじゃないか」

八重子の首が少し動いた。時計を見たらしい。そうね、とかすれた声で答えた。

昭夫は喉が渇いていた。ビールを飲みたいと思った。いや、もっと強い酒でもいい。少し酔って、今の重苦しさから解放されたかった。だが無論、今酔うわけにはいかない。これから重大な仕事をしなければならないのだ。

彼は煙草に火をつけた。たて続けに煙を吸い込んだ。

「直巳は何をしてるんだ」

八重子は小さく頭を振った。わからない、という意味だろう。

「部屋へ行って、様子を見てきたらどうだ」

八重子はふうーっと長いため息をつき、ようやく顔を上げた。目の周囲が真っ赤だった。

「今はそっとしておきましょうよ」

「だけど、もっといろいろと話を聞かないと。詳しいことを」

「何を訊くのよ」妻は顔を歪めた。

「だから、女の子と一緒のところを誰かに見られなかったかとか、そういうことだ」

「そんなこと、今さら訊いたってしょうがないじゃない」

「なんでだ。さっきもいっただろう。誰かに見られてたら、そんなことはすぐに警察に伝わるぞ。刑事が来て、直巳に問い質すことになる。それからあわてても遅いだろうが」

「刑事が来ても」八重子は黒目だけを斜め下に向けた。「あの子には会わせない」

「そんなことが通ると思ってるのか。余計怪しまれるだけだ」

「じゃあ、何も知らないっていわせる。女の子のことなんか知らないといい張れば、刑事だってそれ以上は何もできないでしょ」

「そんな簡単にいくもんか。もし目撃者が、直巳に間違いなかったと主張したらどうなる。警察は簡単に引き下がったりしないぞ。それどころか、直巳が女の子といる時に、誰かに声をかけられてたらどうする。声をかけられて、返事でもしてたらどうだ。言い逃れできないぞ」

「そんなふうに、もし、なんていう架空の話ばっかりしてたって意味ないじゃない」

「だからあいつにきちんと話をさせろといってるんだ。誰かに会わなかったかどうかだけでもはっきりさせないと」

昭夫の話がもっともだと思ったのか、八重子は口をつぐんだ。無表情になり、ゆっくりと立ち上がった。

「どこへ行くんだ」

「二階よ。直巳に訊いてくる。誰かに会わなかったかって」

「本人にここでしゃべらせろ」

「そんなことしなくたっていいでしょ。あの子だってショックを受けてるんだから」

「それなら余計に――」

昭夫が話すのを無視し、八重子はダイニングルームから出ていった。スリッパをひきずる音をたてながら廊下を歩く。だが階段を上がり始めると、音は急に小さくなった。直巳を刺激しないように配慮しているらしい。どこまで息子の顔色を窺ったら気が済むんだ、と昭夫は忌々しく思った。

煙草の火をひねり潰すように消し、乱暴に立ち上がると、冷蔵庫の扉を開けた。缶ビールを取り出すと、立ったまま飲み始めた。

足元にスーパーの袋が置いてあった。八重子はスーパーから帰ってきて、少女の死体を見つけたのだろう。動転して、買ってきたものを冷蔵庫に入れるのも忘れたようだ。

袋には野菜と挽肉が入っていた。またハンバーグを作るつもりだったらしい。直巳の好物だ。そのほかにパック入りの惣菜が入っていた。野菜の煮物だ。八重子はここ何ヵ月も、夫のためには料理をしていない。

足音が聞こえてきた。ドアを開け、八重子が入ってきた。

「どうだった」昭夫は訊いた。

「誰にも会ってないって」彼女は椅子に座った。「だから、もし刑事が来て何か訊かれても、僕は何も知りませんって答えるようにいっておいたわ」

昭夫はビールをぐびりと飲んだ。

「刑事が来るってことは、何か根拠があるからだ。それなのに、何も知りませんで通用するわけがないだろ」

「通用しなくても、とにかく何も知らないといい張らせるしかないじゃない」

昭夫は、ふんと鼻を鳴らした。

「あいつにそんなことができると思うか」

「そんなことって？」

「刑事相手に嘘をつき続けることだよ。刑事ってのは、ふつうの人間じゃないんだぞ。人殺しを何人も見てきて、そんな連中を取り調べてきた人間だ。そんな奴らに睨まれたら、直巳なんか、一発でびびっちまうよ。俺たち相手には強がるが、あいつは本当はいくじのない弱虫なんだ。おまえだってわかってるだろ」

八重子は答えない。夫のいうとおりだと思っているのだろう。

「あんなふうになったのは、おまえが甘やかすからだ」

「あたしのせいだっていうの？」八重子は目を剝いた。

「おまえが何でもいいなりになるから、堪え性ってものがまるでなくなったんじゃないか」

「よくいうわね。あなたなんか何もしないで、面倒なことからはいつだって逃げるくせに」

「俺がいつ逃げた」

「逃げたじゃないの。六年生の時のこと、覚えてる？」

「六年生？」

「ほら、もう忘れてる。いじめに遭ってた時よ。あなた、直巳を叱ったわよね。男の子なら黙ってないでやり返せとかいって。学校に行きたくないという直巳を、無理やり引っ張っていったでしょ。あたしはやめてってていったのに」

「あいつのためだと思ったからだ」

「違う。あなたは逃げただけよ。あんなことしたって、何の解決にもならなかった。直巳はね、あの後もずっといじめられてたのよ。先生がいじめグループに注意したから、それまでみたいに暴力は受けなかったけど、卒業までずっとクラスでは仲間はずれ、誰も口をきいてくれないし、無視され続けてたの」

初めて聞く話だった。直巳が学校に通うようになっていたから、いじめは解消されたのだと思っていた。

「どうして俺にいわなかった」

「直巳がいわないでくれっていったからよ。あたしも話さないほうがいいと思った。だってあなた、どうせあの子を叱るだけだもの。あなたにとっては、家族なんて面倒くさいだけなんでしょ」

「何いってるんだ」

「そうじゃないの。特にあの頃は、どっかの女に夢中で、家のことなんかほったらかしだったくせに」八重子は昭夫を恨めしそうに睨んだ。

「まだそんなことといってるのか」昭夫は舌打ちをした。

「いいわよ。女のことはもういいわよ。あたしがいいたいのは、外で何をやってようと、家のことぐらいはきちんとしてってこと。あなたはあの子のこと、何もわかっちゃいない。この際だからいうけど、今だってあの子は学校ではひとりぼっちなのよ。小学校時代のいじめグループが昔のことをいいふらすから、誰も友達になろうとしない。そんなあの子の気持ちを考えたことがある？」

八重子の目に、再び涙が溜まってきた。悲しみのほかに、悔しさも混じっているのかもしれない。

昭夫は目をそらした。

「もういいよ。やめよう」

自分からいいだしたくせに、と八重子は呟いた。

昭夫はビールを飲み干し、空き缶を握りつぶした。

「警察が来ないことを祈るしかないな。万一警察が来たら……おしまいかもしれないな。その時には、諦めよう」

「いやよ」八重子はかぶりを振った。「絶対にいや」

「だけど、どうしようもないだろ。俺たちに何ができるっていうんだ」

すると八重子は背筋を伸ばし、真っ直ぐ前を向いていった。

「あたしが自首する」

「えっ？」

「あたしが殺したっていうわよ。そうすれば、直巳は捕まらなくても済む」

「馬鹿なことというなよ」

「じゃあ、あなたが自首してくれるっていうの？」大きく目を見開き、八重子は夫の顔を見つめた。「嫌でしょ？　だったら、あたしが自首するしかないじゃない」

昭夫は舌打ちをし、激しく頭を掻いた。頭痛がし始めていた。

「俺やおまえが、どうして小さい女の子を殺すんだ。理由がないじゃないか」

「そんなの、これから考えるわよ」

「じゃあ、いつ殺したっていうんだ。おまえはパートに出てたんだろ。俺にしたってそうだ。いわゆるアリバイってものが、俺やおまえにはあるんだよ」

「パートから帰って、すぐに殺したっていう」

「無駄だ。解剖とかで、殺された時間なんてものはかなり正確にわかるんだぞ」

「そんなの知らない。とにかくあたしが身代わりになる」

馬鹿なこというな、と昭夫はもう一度いった。そしてつぶした空き缶をそばのゴミ箱に放り込んだ。

その時ふと、ある考えが彼の脳裏を横切った。それは彼の心をひきつけるものだった。数秒間、その考えを頭の中で転がした。

「何よ、今度は何がいいたいの？」八重子が訊いてきた。

「いや、何でもない」昭夫は首を振った。同時に、たった今生じたアイデアを振り払おうとした。それについては今後一切考えまいとした。考えること自体がおぞましく、思いついた自分自身を嫌悪しなければならないほど、そのアイデアは邪悪なものだったからだ。

6

午前一時を過ぎると、昭夫はテレビを消した。テレビをつけていたのは、少女が行方不明になったことについて、ニュースで流れる可能性があると思ったからだ。いくつかのニュース番組をはしごしたが、そのことは伝えられなかった。

八重子は向かいの和室にいる。重苦しい空気に耐えかねたようにダイニングルームを出ていってから二時間以上が経っていた。二人の間に、もはや会話はなかった。何か言葉を発するたびに、自分たちが絶体絶命の窮地にいるということを思い知らされるだけだからだ。

昭夫は煙草を一本吸ってから立ち上がった。ダイニングルームの明かりを消し、庭に面したガラス戸のそばに立った。カーテンをそっと開け、外の様子を窺った。

街灯は点っている。しかしその光は前原家の庭にまでは届いていない。庭は真っ暗だ。

闇に目が慣れるまで、しばらくそうしていた。やがて庭に広げられた黒いビニール袋がぼんやりと見えるようになってきた。昭夫は手袋をはめると、ガラス戸のクレセント錠を外した。

畳んだ段ボール箱とガムテープ、さらに懐中電灯を持って、改めて庭に出た。暗闇の中で箱を組み立て、まず底の部分をガムテープで固定した。それから黒いビニール袋に目を向けた。

緊張感と怯（おび）えが彼の身体を包んでいた。見えているのは少女の足先だけだ。まだ一度も死体の全身を正視していない。

口の中がからからに乾いていた。逃げ出したいというのが本音だった。

これまでに人間の死体を見たことがないわけではない。一番最近目にしたのは父親の遺体だ。その遺体を怖いとか気味悪いというふうには全く思わなかった。医師によって死亡が確認された後も、その顔に触れることができた。

ところが今は、その時の気持ちとはまるで違っていた。黒いビニール袋の盛り上がりを見ただけで足が震えた。それをめくる勇気が出なかった。

死体がどんな様相を呈しているのかわからず、それを確かめるのが怖い——それはたしかにある。病死の場合は、息を引き取る前と後で、さほど大きな変化があるわけではない。死んでいるのかどうかさえ、ちょっと見ただけではわからないほどだ。だがここにある死体はそういうものではない。元気に遊んでいたに違いない少女が、突然殺されたのだ。首を絞められて殺されたのだ。そんな場合に死体がどうなるのか、昭夫は知らない。

だが怖い理由はそれだけではない。

もし警察に通報するのであれば、これほどの恐怖は感じないはずだった。正当な理由のもとでなら、死体を段ボール箱に入れることも、さほど苦痛ではないと思えた。自分のやろうとしていることのあまりの非道徳さに怯えているのだ、と昭夫は気づいた。死体を見るということは、それをさらに露わにすることなのだ。

遠くで車の走る音がした。それで我に返った。ぼんやりしている場合ではなかった。こんなところを近所の人間に見られたら、それこそ元も子もない。

いっそのこと、黒いビニール袋に包んだまま運ぼうか、と考えた。公園のトイレに置いたら、目をつぶってビニール袋をはがし、死体を見ないで戻ってくる。それならできそうだった。

だがすぐに昭夫は小さく頭を振った。死体を確認しないわけにはいかなかった。死体にどんな痕跡が残っているかわからないからだ。直巳が手にかけたという証拠がどこかに残っている可能性も皆無ではない。

やるしかないのだ、と彼は自分にいい聞かせた。どんなに非人道的であろうとも、家族を守るためにはほかに道はない。

昭夫は深呼吸し、その場で屈んだ。黒いビニール袋の端を持ち、ゆっくりとめくっていった。

少女の白く細い脚が闇の中でぼんやりと浮かび上がった。身体は驚くほど小さかった。七歳、と男性がいっていたのを思い出した。どうしてこんな小さな子を、と、息子の行為のあまりの不可解さに彼は顔を歪めた。

暗くて細かい状況はよくわからない。彼は意を決して、懐中電灯に手を伸ばした。まず地面に向けた状態でスイッチを入れ、光の輪を少しずつ死体に近づけていった。

少女はチェック柄のスカートを穿いていた。上はピンクのトレーナーだ。猫のイラストが入っている。彼女がより可愛らしく見えるように、母親が着せたものだろう。その母親は、今頃どんな思いでいるのか。

さらに光を移動させる。少女の白い顔が昭夫の目の端に入った。その瞬間、彼は懐中電灯のスイッチを切っていた。

そのまましばらく動けなかった。はあはあと荒い息を吐いた。

少女は仰向けに寝かされていた。顔は真っ直ぐに上を向いていた。昭夫は少女の顔を直視したわけではない。それでも彼女の顔は網膜に焼き付いた。弱い光を受けて、大きな目が光ったことさえも、昭夫はしっかりと視認した。

これ以上は無理だ、と思った。

特に直巳と繋（つな）がるような痕跡はなかったようだし、このまま段ボール箱に入れようと思った。下手にいじったら、かえって証拠を残してしまうおそれもあると考え直した。それが自分に対する言い訳であることに気づいていたが、これ以上は精神が持ちそうになかった。

　顔を見ないようにして、少女の身体の下に両手を入れた。持ち上げてみると、驚くほど軽かった。まるで人形のようだった。小便を漏らしていて、スカートがぐっしょりと濡れていた。異臭が鼻についた。

　段ボール箱に入れるには、少女の手足を少し動かさねばならなかった。死体はしばらくすると硬直するという話を聞いたことがあったが、さほど困難な作業ではなかった。箱に収めた後、昭夫は合掌した。

　手を戻した後、足下に何か白いものが落ちていることに気づいた。明かりをあててみると小さな運動靴だった。白い靴下を見ていながら、片方が脱げていることをこの時まで失念していた。危ないところだった。

　段ボール箱に手を入れ、少女の片足を引っ張った。運動靴は足首まで紐(ひも)を結ぶタイプのもので、結んだままでは脱ぎ履きがやりにくいらしく、紐はほどけていた。昭夫は足に履かせてから、紐をしっかりと結んだ。

　次なる問題は、この段ボール箱をどうやって公園まで運ぶか、だった。少女の身体は軽かったが、箱に入れると持ちにくいし重心も安定しない。また公園までは徒歩で十分近くかかる。昭夫としては、途中で箱を下ろして休憩するというようなことは避けたかった。

少し考え、自転車を使うことを思いついた。玄関から一旦室内に戻り、自転車の鍵を手にして、もう一度外に出た。自転車は家の横に止めてある。八重子が買い物などに使うのだ。

昭夫はそっと門扉を開いた。通りに人気（ひとけ）がないことを確認してから足を踏み出した。

自転車の鍵を外し、門のすぐ前に止め直した。それから改めて庭に戻ろうと門をくぐり、ぎくりとした。

段ボール箱のそばに誰かが立っていたからだ。あまりの衝撃に、昭夫はもう少しで声をあげるところだった。

「何してんだよ」彼は顔をしかめ、小声でいった。人影の正体はすぐにわかった。政恵だった。寝間着姿でぽつんと立っている。段ボール箱に興味を示すわけでもなく、斜め上のほうを見ている。

昭夫は母親の腕を掴んだ。

「何だって、こんな夜中に……」

だが政恵は答えない。彼の声など耳に入っていないようだ。何かを探すように夜空を見上げている。どんな表情をしているのかは暗くてよくわからない。

「いい天気だねえ」彼女がようやく声を発した。「これなら遠足、大丈夫だね」

昭夫はその場でしゃがみこみたくなった。母親の呑気な声は、彼の神経を逆撫でし、疲労感を倍加させた。何の罪もない彼女に憎しみを抱いた。

彼は母親の腕を引き、もう一方の手で背中を押した。彼女は杖をついていた。子供になった気分でいるくせに、外に出る時には時々杖を出してくる。不思議なものだと思うが、ぼけた老人の考えを理解するのは不可能だと経験者たちはいう。

杖には鈴がぶらさがっていた。動かすたびに、それがちりんちりんと音をたてた。昭夫たちがこの家に来た時、その鈴は楽しそうに彼等を迎えてくれた。だが今はその音さえも昭夫には耳障りだった。

「もう家に入りなさい。寒いだろ」

「明日、晴れるかなあ」彼女は首を傾げた。

「晴れるよ。大丈夫だ」

たぶん小学生の頃に戻っているのだ、と昭夫は解釈した。彼女の頭の中では、明日は楽しい遠足なのだ。だから晴れるかどうかが心配で、堪らず外に出てきたのだ。

玄関から入らせると、政恵は杖を靴箱に入れ、素直に上がった。彼女は裸足のままで庭に出ていた。黒い足で、片足をひきずるように廊下を進んでいく。

細長く、薄暗い廊下の一番奥に彼女の部屋はある。おかげで政恵と八重子との接触は最小限に抑えられているのだった。

昭夫は顔をこすった。こっちまで頭がおかしくなりそうだと思った。

そばの襖が開き、八重子が顔を出した。眉をひそめている。

「どうしたの？」

「何でもない。お袋だ」

「えっ……また何かしたの？」嫌悪感が露わになった。

「どうってことない。それより、これから行ってくる」

八重子は頷いた。さすがに顔が強張っていた。

「気をつけてね」

「わかってる」昭夫は妻に背を向け、玄関ドアを開けた。

庭に戻り、段ボール箱を見つめてため息をついた。その中に死体が入っていて、これから自分が運ぶのだということを、どうしても現実として受けとめられなかった。間違いなく、自分にとって人生最悪の夜だと思った。

蓋を閉じてから箱を持ち上げた。持ちにくい分、やはり死体だけの時よりも重く感じられた。箱を抱えたまま外に出て、自転車の荷台に載せた。荷台は小さく、箱を固定するのは困難だった。もちろん、自転車に乗ることなど不可能だ。昭夫は片手で自転車のハンドルを持ち、もう一方の手で箱を押さえ、ゆっくりと前に進んだ。背中から受ける街灯の光が、道路に長い影を描いていた。

夜中の二時近くにはなっているはずだった。薄暗い通りには誰も歩いていない。ただし、窓から明かりの漏れる家はまだ何軒かある。不用意に物音をたてぬよう、昭夫は慎重に進んだ。

バスが走っている時間ではない。だからバス通りから人が歩いてくる気遣いはあまりなかった。気をつけねばならないのは車だ。電車もバスも動いていないからこそ、タクシーがこの狭い住宅地に入ってくる可能性は高かった。

そんなことを考えていると、早速前方からヘッドライトが近づいてきた。昭夫は脇の私道にそれ、身を隠した。一方通行だから、車がそこまで入ってくる心配はなかった。やがて黒塗(くろぬ)りのタクシーが通過していった。

昭夫は再び歩きだした。たった十分の距離が、おそろしく長く感じられた。

銀杏公園は住宅地の真ん中にある。広場の周囲に銀杏の木が植えてあるだけの簡素な公園だ。ベンチはあるが、雨露をしのげるようなスペースはどこにもない。だからここを根城にしているホームレスもいない。

昭夫は自転車を押しながら、公園の隅に設置されている公衆トイレの裏側に回った。今朝まで雨が降っていたせいか、地面は少し柔らかかった。見たところ、トイレの明かりはついていない。

彼は段ボール箱を抱え、周囲に気を配りながらトイレに近づいた。男子用か女子用にするか少し迷った後、男子用に入った。変質者の仕業に見せかけねばならないのだから、そちらのほうがいいと思ったのだ。

男子用トイレの中は、顔をしかめたくなるような臭気がこもっていた。昭夫はなるべく息をしないように気をつけながら段ボール箱を運び込んだ。持参してきた懐中電灯のスイッチを入れ、一つだけある個室のドアを開けた。中は恐ろしく汚れていて、たとえ死体とはいえ、こんなところに少女を放置するのはかわいそうに思えた。しかし無論、今さら引き返せる話ではなかった。

昭夫は懐中電灯を口にくわえた。段ボール箱を開け、少女の死体を個室に運び込んだ。なるべく便器から遠い位置で、壁にもたれかかるように座らせた。だが手を離した瞬間、少女の身体はごろりと横になった。

それを見て昭夫はくわえていた懐中電灯を落としそうになった。少女の背中に芝生がびっしりとついていたからだ。いうまでもなく、前原家の庭の芝生だ。

この芝が証拠になってしまうのではないか――。

科学捜査について彼はよく知らない。だが芝生を分析すれば、それがどんな種類でどんな環境で育てられていたのかぐらいはわかりそうに思えた。そうなれば警察は、近所の家の芝生を徹底的に調べるだろう。

昭夫は必死になって手で芝生を払い落とした。スカートや髪にも芝生はついていた。だが払い落とすうちに気がついた。彼女の身体から落としても意味はないのだ。この現場から回収しなければならない。

絶望感に襲われながら、彼は払った芝を拾い始めた。拾ったものは便器に捨てていった。少女の髪の中も探った。もはや怖がってなどいられなかった。

最後に、芝だらけになった便器に水を流そうとした。ところがレバーを下げても水が出ない。彼は必死になってレバーを動かし続けた。しかしやはり出ない。

個室から出て、手洗い場の水道を捻ってみた。細い水が出てきた。彼は手袋を外し、両手でそれを受けた。ある程度貯まると、そっと個室に移動し、便器に流した。だがそんな少量では、芝は流れてくれなかった。

両手を器代わりにして、何度も往復した。俺は一体何をしているんだろうと思った。誰かが見ていたら、間違いなく警察に通報するに違いなかった。しかしそれを怯える余裕さえも昭夫はなくしていた。もうどうとでもなれという捨て鉢な気分が、彼の行動を大胆なものにしていた。

何とか芝を流し終えると、昭夫は空(から)の段ボール箱を持って外に出た。自転車のところまで戻り、段ボール箱を畳んだ。そのまま捨てていきたかったが、この箱もまた重大な証拠になってしまうおそれがあった。片手で抱えられるほどに小さく折り曲げると、自転車にまたがった。

　だがペダルをこごうと足に力をこめた時、ふと思いついて地面に目を落とした。ぬかるんだ地面に、うっすらとタイヤの跡がついていた。

　危ないところだった――彼は自転車から降り、靴底でタイヤの跡を消した。無論、足跡が残らないように用心もした。それから自転車を持ち上げ、跡が残りそうもない場所まで運んでから再びまたがった。

　ペダルをこぎ始めた時には全身が汗びっしょりになっていた。背中などは濡れたシャツがはりついて冷たいほどだ。額から流れる汗が目に入り、昭夫はあまりの痛さに顔をしかめた。

7

　家に戻ると、まず段ボール箱の処置に困った。少女の排泄物の臭いがしみついている。しかし外に出しておくわけにもいかない。燃やせばいいのだろうが、こんな時間に火を使っていたら、それこそ誰かに通報されかねない。

　庭にはまださっきの黒いビニール袋が落ちたままになっていた。これぐらいは始末しておいてくれてもいいじゃないかと思いながら拾いあげた。結局、その袋に折り畳んだ段ボール箱を突っ込み、家に入った。

　奥に進み、政恵の部屋の襖をそっと開けた。真っ暗だった。政恵は布団をかぶって寝ているようだ。

　押入の上の天袋を開けた。政恵が勝手に開ける心配のない場所だ。そこにビニール袋を押し込み、そっと閉めた。政恵はぴくりとも動かなかった。

　部屋を出たところで、自分の身体が臭っていることに昭夫は気づいた。少女を運んだせいで臭いが移ったのだ。洗面所に行って服を脱ぎ、すべて洗濯機にほうりこんだ。ついでにシャワーを浴びた。どんなに石鹸でこすっても、いつまでも異臭が鼻に残っている感じがした。

　寝室で着替えた後、ダイニングルームに戻った。八重子がテーブルの上にグラスと缶ビールを並べていた。スーパーで買ってきた煮物も皿に移して置いてある。電子レンジで温めたようだ。

「何だ、これ」昭夫は訊いた。

「疲れただろうと思って。それに、何も食べてないでしょ」

　八重子なりに労をねぎらっているつもりらしい。

「食欲なんかないよ」そういいながらも彼は缶ビールを開けた。せめて酔いたいと思った。どんなに酔ったところで、今夜は眠れないだろうが――。

キッチンから包丁で何かを刻む音が聞こえてきた。

「何をやってるんだ」

だが八重子からの返事はない。昭夫は立ち上がり、キッチンを覗いた。調理台の上にボウルが置かれ、その中に挽肉が入れられていた。

「こんな時間に何を始めてるんだ」彼はもう一度訊いた。

「おなかがすいたっていうのよ」

「おなか？」

「さっき直巳が降りてきて、それで……」後の言葉を濁した。

昭夫は自分の頰が引きつるのを感じた。

「腹が減ったといってるのか？　あんなことをしでかしといて、親にこんな思いをさせておいて……」

大きく呼吸し、首を振った。彼はドアに向かった。

「待って、いかないで」八重子の声が飛んできた。「仕方がないじゃない。若いんだから、お昼から何も食べてなきゃ、おなかぐらいすくわよ」

「こっちは食欲なんて、これっぽっちもないぞ」

「あたしだってそうだけど、あの子はまだ子供だから、事の重大さがわかってないのよ」

「一段落してからでもいいでしょう？　あの子だってショックを受けてるわよ。何も感じてないわけじゃない。だから今まで、おなかがすいてることもいいだせないでいたのよ」

「あいつがいいださなかったのは、俺に文句をいわれるのが嫌だったからだ。だから俺が出ていくのを見て、今ならいいと思っておまえにいったんだ。もし本当に反省しているなら、どうして降りてこない？　部屋に閉じこもっている？」

「父親から叱られるのを避けたいってのは、子供ならふつうのことでしょう？　とにかく今夜だけは我慢してやって。後であたしからよくいっておく」

「おまえからいったってきくものか」

「そうかもしれないけど、今あなたが叱ったって仕方がないでしょう？　あの子を責めたって、何も解決しないのよ。今考えなきゃいけないのは、どうやってあの子を守るかってことでしょう？」

「おまえはあいつを守ることしか考えてないのか」

「それがいけないっていうの？　あたしはね、どんな時でも自分だけはあの子の味方になろうって決めてるの。あの子が何をしたとしても、あたしが守ってやる。たとえ人殺しをしたとしてもね。お願いだから今夜はそっとしておいてやって。お願いです。お願いします」

八重子の目からあふれ出た涙は、彼女の頬から顎(あご)にかけてをびしょ濡れにしていた。大きく見開かれた目は真っ赤に充血している。

妻の歪んだ顔を見て、昭夫の胸から怒りが消えていった。代わりに虚無感が彼の内面に広がった。

「手を離せ」

「いやよ、だってあなた……」

「離せといってるんだ。二階には行かない」

八重子が虚をつかれたように口を半開きにした。

「ほんとう？」

「本当だ。もういい。ハンバーグでも何でも作ってやれ」

昭夫は八重子の手を振り払い、ダイニングチェアに戻った。グラスに残ったビールを一気に飲み干した。

八重子は放心したような顔でキッチンに入ると、再び野菜を刻み始めた。一心に包丁を動かす妻を見て、何かをして手を動かしていないと正気を保てないのかもしれない、と昭夫は思った。

「おまえの分も作っておけよ」彼はいった。「どうせだから、おまえも食べろ」

「あたしはいいわよ」

「いいからおまえも食べるんだ。今度、いつゆっくり食事ができるかわからないんだ。俺も食べる。無理矢理にでも」

八重子がキッチンから出てきた。

「あなた……」

「明日は大変な一日になる。体力をつけておこう」

彼の言葉に八重子は真剣な眼差(まなざ)しで頷いた。

8

午前五時十分、窓の外がついに明るくなり始めた。

昭夫はダイニングルームにいた。カーテンは閉じてあるが、その隙間から漏れてくる光は、刻一刻と強さを増していくようだった。

テーブルの上には食べ残したハンバーグの皿が載っている。グラスにもビールが半分ほど残っている。だが彼はもうそれらに口をつける気になれなかった。八重子も結局、ハンバーグを三分の一ほど胃におさめるのが精一杯だったようだ。途中で気分が悪くなったといい、今は和室で横になっている。直巳だけが平らげたらしく、つい先程、空になった食器を八重子が下げてきた。しかしそれについて文句をいう気持ちは、もう昭夫にもわいてこなかった。今日という日をどう過ごせばいいか、そのことで頭がいっぱいだった。

玄関先で物音がした。郵便受けに何かを入れる音だ。新聞の配達だろう。

腰を浮かせたが、昭夫はまた座り直した。こんなに早い時間に外に出て、万一誰かに見られたりしたら厄介だと思った。今日は土曜日だ。土曜日の早朝に昭夫が外に出ることなど、これまで殆どない。いつもと違うことをやって、怪しまれたくなかった。それに今日の朝刊など、今は何の役にも立たない。彼等にとって重要な記事が載るのは、早くても今日の夕刊なのだ。

ぎっと音をたててドアが開いた。昭夫はぎくりとして振り返った。八重子が入ってくるところだった。

「どうしたの？」彼女が怪訝そうな顔をした。

「いや……そのドア、そんな音がするのか」

「ドア？」彼女はドアを細かく動かした。そのたびに小さな軋み音が鳴った。「ああ、これ。前からよ」

「そうだったのか。気がつかなかったな」

「一年以上も前からよ」そういってから八重子はテーブルの上の食器を見下ろした。

「もう、食べないの?」

「ああ、片づけてくれ」

彼女が食器をキッチンに運ぶのを見送ってから、昭夫は再びドアに目を向けた。家の建具のことなど気に留めたことがなかった。家の中がどうなっているかなど、まるで把握してこなかった。

昭夫は室内を見回した。子供の頃から住み慣れた家であるはずなのに、何もかもが初めて見るような気がした。

庭に面したガラス戸の手前で視線を止めた。床に雑巾（ぞうきん）が放置されていたからだ。

「ここで殺したんだったな」昭夫はいった。

「えっ、何?」八重子がキッチンから顔を覗かせた。まだ洗い物の途中らしく、服の袖をまくっている。

「この部屋で殺したといってるんだろ?」

「……そうよ」

「あの雑巾で床を拭いたのか」昭夫はガラス戸の下に向けて顎を突き出した。

「いけない。片づけておかなきゃ」

八重子はスーパーの袋を手にすると、雑巾をつまみ上げ、その中に入れた。

「ほかのゴミと混ぜて、わからないように捨てるんだぞ」

「わかってる」

八重子はキッチンに入っていった。生ゴミ用のゴミ箱を開ける音が聞こえた。

昭夫は雑巾のあった床を見つめた。そこに少女の死体が横たわっている光景を想像した。

「おい」再び八重子を呼んだ。

「今度は何？」不機嫌そうなしかめっ面が現れた。

「女の子は家に上がり込んでいたってことだよな」

「そうよ。だから、直巳が無理矢理に連れ込んだわけじゃないの。女の子にだって、多少は責任が——」

「家に上がってたのに、どうして靴を履いてたんだ」

「靴？」

「あの女の子、片方だけ靴を履いてた。というより、一方だけが脱げてたといったほうがいいかな。家に上がってたのなら、靴を履いてるのはおかしいだろ」

質問の意味がわからないのか、八重子は不安そうに視線を揺らせた。それからようやく合点したという顔で頷いた。

「あの運動靴ね。あれはあたしが履かせたのよ」

「おまえが？」

「靴は玄関にあったの。で、そのままじゃいけないと思って、履かせたのよ」

「なんで片方だけなんだ」

「片方だけで意外に手間取ったからよ。ぐずぐずしていて、誰かに見られたらまずいでしょ。それでもう片方はビニールの下に隠しておいた。あなた、もしかして気づかなかった？」八重子が目を見張った。

「気づいたよ。だから、俺が履かせた」

「よかった」

「それ、本当だろうな」昭夫は上目遣いに八重子を見た。

「何が」

「本当は、最初から片方は履いてたんじゃないだろうな。直巳が無理矢理家に引っ張り込もうとして、その拍子に片方の靴だけ脱げたんじゃないのか」

するとと八重子は心外そうに眉をつり上げた。

「どうしてそんな嘘をつく必要があるの？　本当にあたしが履かせたのよ」

「……それならいい」昭夫は目をそらした。考えてみれば、どちらでもいいことだった。

「ねえ」八重子が声をかけてきた。「春美さんのこと、どうする？」

「春美？」

「昨日、来てもらわなかったでしょ。今日はどうするの？」

昭夫は顔をしかめた。それがあったか。

「今日も必要ないといっておく。土曜日だから、たまには俺が面倒を見るといって」

「怪しまないかしら」

「何を怪しむんだ。春美は何も知らないんだぞ」

「……そうね」

八重子はキッチンに立ち、コーヒーを淹れ始めた。じっとしているのが辛いのだろう。こういう時、自分のような人間はすることが何もない、と昭夫は思った。家の中のことはすべて八重子に任せてきたから、すべきことが思いつかないのだ。彼は料理など作ったことがなかった。部屋の片づけもしない。だからどこに何があるのか、全く知らない。以前、八重子の留守中に、通夜に出なければならなくなったことがある。彼は黒いネクタイを探し出すことさえできなかった。

やはり新聞を取ってこようと立ち上がった時、遠くからパトカーのサイレン音が聞こえてきた。昭夫は身体を固まらせたまま妻を見た。八重子もコーヒーカップを手にした状態で硬直していた。

来た、と彼は呟いた。

「早いわね……」八重子の声はかすれていた。

「直巳は何をしてるんだ」

「さあ」

「寝ているのか」

「だから、あたしだって知らないわよ。様子を見てくればいいの？」

「いや、今はいい」

昭夫はコーヒーをブラックで飲んだ。どうせ眠れないのなら、頭を少しでも冴えさせたほうがいいと思った。だが一体、いつまでこの状況に耐えねばならないのかと考えると目の前が真っ暗になった。仮に死体から何の手がかりも得られなかったにせよ、警察は簡単には捜査を断念しないだろう。凶悪事件の検挙率が下がっているというが、警察の能力自体が衰えたわけではない。

「おまえ、少し眠っておいたほうがいいぞ」

「あなたは寝ないの？　公園に行ってみるの？」

「そんなことをしてやぶへびになったらどうするんだ」

「じゃあ……」

「俺はまだもう少しここにいる。眠くなったら寝る」

「そう。あたしも、とても眠れそうにないけど」そういって八重子は立ち上がり、ドアを開けた。だが部屋を出る前に夫のほうを振り返った。「あなた、変なことを考えてないわよね」

「やっぱり警察に知らせようとか……」

「変なこと？」

ああ、と昭夫は頷いた。

「そんなことは考えてない」

「ほんとね。信じていいのね」

「今さら警察に何といえばいいんだ」

「それもそうね」

八重子は吐息をついた後、おやすみなさい、といって部屋を出た。

9

現場に向かうタクシーの中で、松宮は少し緊張していた。捜査一課に配属されてから、本格的な殺人事件に関わるのはこれがまだ二度目だった。しかも前回の主婦殺害事件では、先輩刑事の後について回っただけで、捜査に携わったという実感も満足感も得られなかった。今回こそは少しは実のある仕事をしたい、と意気込んでいた。

「子供ってのが参るよな」横に座っている坂上(さかがみ)がうんざりしたような声を出した。

「辛いですよね。親もショックだろうし」

「そういうのはもちろんあるよ。だけど俺がいってるのは仕事のことだ。こういうのは案外捜査が難しかったりするんだ。大人が殺された場合だと、被害者の人間関係を洗っていくうちに、動機とか容疑者とかが浮かんでくるってこともあるだろ。だけど子供の場合、そういうことはまず期待できねえからな。噂になるような変質者が近所に住んでて、そいつが犯人だっていうんなら話は早いけどさ」

「じゃあ、流しの犯行ってことですか」

「そうはいいきれねえよ。前々から狙ってたってこともありうる。とにかく頭のいかれた野郎だってことはたしかだ。ただ問題なのは、どこのどいつの頭がいかれてるかは、表からじゃあなかなかわからないってことだ。それでも大人なら、そんなやつが近づいてきたら何となくわかるけど、子供の場合はそうはいかねえ。優しい素振りをして近寄ってきたら、ころっとだまされちまうからなあ」

坂上は三十代半ばだが、捜査一課に配属されてから十年以上になる。これまでにも似たような事件を担当したことがあるのだろう。

「所轄（しょかつ）は練馬署か……」坂上がぽつりといった。「最近、署長が代わったばっかりだ。張り切ってるぜ、きっと」ふんと鼻を鳴らした。

練馬署と聞き、松宮は密（ひそ）かに深呼吸した。彼を緊張させているのは、事件を前にしてのプレッシャーだけではなかった。それが練馬署管内で起きたことも、じつは気にかかっていた。練馬署の刑事課には、彼と関わりの深いある人物がいる。隆正の黄色い顔が頭に浮かんだ。彼を見舞ったのはほんの数日前だ。それなのにこんな事態になるというのは、何か見えない力が働いているように思えてならなかった。

タクシーは住宅地の中へと入っていった。きちんと区画整理がなされていて、定規で引いたように真っ直ぐな道路に沿って、雰囲気の似た住居が並んでいる。生活水準は中の上といったところかなと松宮は想像した。

前方に人だかりが出来ていた。パトカーが何台か止まっている。その先では制服警官が、通行しようとする車を迂回させていた。

ここでいい、と坂上は運転手にいった。

タクシーを降り、松宮は坂上と共に野次馬をかきわけるように前に進んだ。見張りの警官に挨拶し、立ち入り禁止区域内に足を踏み入れた。

現場は銀杏公園という施設内にある公衆トイレだと松宮は聞いていた。ただし殺人現場かどうかはさだかではない。死体がそこで見つかったというだけのことだ。つまり最初は死体遺棄事件だった。だが死体に明らかな他殺の痕跡があるということで、殺人事件の可能性が高いと判断されたのだ。

銀杏公園に接する道路から内側が立ち入り禁止区域に設定されていた。公園に近づいていくと、その入り口付近に知っている顔があった。小林(こばやし)というベテラン主任だった。しかし係長である石垣(いしがき)の姿は見えない。

「早いですね」坂上が小林にいった。

「俺もさっき着いたところだ。まだ中を見てない。所轄から大体の話を聞いたところだ」小林は煙草を右手に挟んだままいった。左手には携帯用の灰皿が握られている。松宮の所属する捜査五係では、最近になって何人かが煙草をやめた。しかし小林は禁煙の話題すら嫌うほどのヘビースモーカーだ。

「死体を見つけたのは？」坂上が訊く。

「近所の爺さんらしい。早起きして、公園で煙草を吸うのが楽しみなんだってさ。健康的なんだか不健康なんだかわからんな。で、老人だから小便が近い。公衆便所に入ったところ、個室のドアが妙な具合に半開きになっていたので覗いたら、女の子の死体が捨てられていたというわけだ。爺さんも、朝っぱらからどえらいものを見つけちまったもんだ。寿命が縮まらなきゃいいがな」話をしながら毒舌を吐くのは小林の癖だ。

「遺体の身元はわかっているんですか？」さらに坂上が訊いた。

「今、所轄のほうで遺族と思われる人に確認しているはずだ。鑑識の話だと、死後十時間ぐらいは経っているらしい。機捜と所轄が動いてくれているが、犯人がまだ近くに潜んでいるとは思えないな」

小林の話を聞きながら、松宮は公園内に目を向けた。ブランコや滑り台といった一般的な遊戯施設は端のほうにあり、中央部はドッジボール程度ならできそうなスペースにしてある。鑑識課員たちが隅の植え込みの中で何か探しているのが見えた。

「公園にはまだ入るな」松宮の視線に気づいたらしく、小林がいった。「探し物があるそうだから」

「凶器ですか」松宮は訊いてみた。

「いや、凶器はたぶん使われていない。これだよ」小林は指に煙草を挟んだ手で、自分の首を絞めるしぐさをした。

「じゃあ、何を探しているんですか」

「ビニール袋とか段ボール箱とか、まあそういったものだ。死体を入れていたものだよ」

「現場はここではなくて、どこかから運ばれてきたっていうわけですか」

松宮の質問に、小林は表情を変えずに小さく頷く。

「たぶんそうだろう」

「悪戯が目的で女の子をトイレに連れ込んで、騒がれたから殺した……っていう可能性はないんですか」

　すると隣で坂上がふっと吐息をついた。

「誰が入ってくるかわからない公衆トイレで悪戯しようなんていうことは、変質者だってあんまり考えないと思うぜ」

「でも夜中なら……」

「夜中に子供が一人でうろうろしていると思うか。それまでに拉致（らち）していたのだとしたら、もっと別の場所に連れていくだろ、ふつうは」

　それもそうかと思い、松宮は黙り込んだ。小林や坂上は、事件の概要を聞いた時点で、ここが殺害現場ではないことに気づいていたようだ。

「おっ、所轄さんだ」小林が煙を吐きながら松宮たちの後方を顎でしゃくった。

　松宮が振り返ると、グレーの背広を着た男が近づいてくるところだった。髪を奇麗（きれい）に分けているせいか、刑事というよりも生真面目な会社員といった雰囲気がある。

　所轄の刑事は牧村（まきむら）と名乗った。

「被害者の身元確認、どうなりました？」小林が牧村に訊く。

　牧村は眉間に皺を寄せた。

「どうやら間違いないようです。母親のほうは話を聞ける状態ではありませんが、父親は、一刻も早く話をすることが捜査に役立つなら、といってくれています」

「昨日の夜から捜索願いが出ていたと聞きましたが」

「夜八時過ぎに両親が練馬署に来ています。バス通りの向こうに住んでいて、父親は会社員です」牧村は手帳を開いた。「女の子の名前はカスガイユウナ。季節の春に、日曜の日、井戸の井、優しいに、菜の花の菜です」

松宮も自分の手帳を取り出し、春日井優菜、と記した。

牧村は両親の名前もいった。父親は春日井忠彦（ただひこ）、母親は奈津子（なつこ）というらしい。

「被害者は小学校の二年生です。学校は、ここから徒歩約十分のところにあります。昨日の午後四時頃、一旦自宅に帰ったそうです。その後、母親の知らないうちに外出し、消息を絶ったというわけです。届けが出された後、手の空いていた警官が中心になって、自宅や学校周辺から駅付近までを探したそうですが、見つからなかったそうです。ただ、午後五時頃、バス通り沿いのアイスクリーム屋で、被害者と年格好の似た女の子がアイスクリームを買ったという情報があります。残念ながら店員は、優菜ちゃんの写真を見ても、同一人物とは断言できなかったようですが」

「アイスクリームねえ」小林が呟いた。

「その女の子はアイスクリーム一個を買ったということです、女の子に連れはいなかったそうです」

「アイスクリームを食べたくて、家を出たのかな」小林が誰にともなくいう。

「その可能性はあります。行動的な女の子らしく、勝手にどこへでも行ってしまうことがしばしばあったそうです」

小林は頷いてから、「父親の話は聞けるんだね」と牧村に確認した。

「現在、ここの町内の集会所を借りて、そこで待機していただいています。いまお話ししたことなども、そこで聞きました。お会いになりますか」

「係長がまだ来ないけど、先に話を聞いておきたいですな。——おまえたちも一緒に来てくれ」小林は松宮たちにいった。

殺人事件が起きると、所轄の刑事や機動捜査隊の捜査員が初動捜査にあたる。遺族から話を聞くのもその一環だ。だが捜査一課が捜査を引き継ぐ以上、改めて話を聞き直すことになる。遺族としては何度も同じ話をさせられるわけで、前回の事件でも松宮はそのことをひどく気の毒に感じた。またあの憂鬱な手順を踏むのかと思うと気持ちが暗くなった。

牧村が案内してくれた集会所は、二階建てアパートの一階にあった。近くに住んでいる大家が、格安で提供しているという話だった。築年数は二十年以上ありそうで、外壁にはひび割れが入っていた。借り手がつかないまま放置しておくより、町内に貸したほうが得だと考えたのかもしれない。

ドアを開けるとかすかにカビの臭いがした。入ってすぐに和室があり、薄いブルーのセーターを着た男性があぐらをかいて座っていた。片手で顔を覆い、深く首を項垂れていた。人が入ってきたことに気づいていないはずはなかったが、石のように動かない。動けないのだ、と松宮は察した。

「春日井さん」

牧村に声をかけられ、春日井忠彦はようやく顔を上げた。頬は青白く、目は落ち窪んでいる。やや薄くなりかけた前頭部が脂で光っていた。

「こちら、警視庁捜査一課の方々です。申し訳ないんですが、もう一度詳しい話をしていただけますか」

春日井は虚ろな目を松宮たちに向けた。目の周囲には涙の跡があった。

「そりゃあ、何度でも話しますけど……」

「申し訳ありません」小林が頭を下げた。「一刻も早く犯人を捕まえるためには、やはり我々も御両親から直にお話を伺っておいたほうがいいと思いますから」

「どういったことから話せばいいですか」懸命に悲しみを堪えているのだろう、呻くような声になった。

「捜索願いを昨夜の八時頃に出されたそうですが、お嬢さんがいなくなっていることに気づいたのはいつですか」

「妻の話では六時頃だということです。食事の支度をしていて、いつ優菜が出ていったのかは全くわからないということでした。私が会社から帰る途中、ケータイに電話がかかってきました。優菜がいないんだけど、もしかしたら駅のほうに行っているかもしれないから、気をつけておいてくれって。去年、一度だけそういうことがありました。優菜が一人で私を迎えに来てくれたんです。その時、危ないから一人でそういうことをしてはいけないといって聞かせ、それ以後はそういうことはなかったんですが……」

ここからだと駅まで徒歩で三十分近くかかる。幼い娘が父親を喜ばせようとして小さな冒険をしたのだろう。ありそうなことだと松宮は思った。

「その時点では、奥さんはそれほど心配しておられなかったのですか」

小林の質問に春日井は首を振った。

「いえ、もちろん心配そうでした。私も落ち着きませんでした。ただ妻としては、自分が駅に探しに行ったのでは、万一優菜が帰ってきた時に家に入れなくなると思い、動くに動けなかったようです」

この言葉から、どうやら彼等は三人家族らしいと松宮は理解した。

「私が家に着いたのが六時半頃です。まだ優菜が帰っていないと知り、さすがに不安になりました。それで近所の人に家の鍵を預けて、妻と二人で思いつくかぎりのところを探し回りました。駅前なんかも写真を持って訊いて回りました。そのほか近くの公園とか、小学校とか……。こっちの公園も見に来たんですけど、まさか、その、トイレなんて……」春日井は苦しげに顔を歪め、声を詰まらせた。

松宮は彼のことを見ていられず、ただひたすらメモを取ることに没頭しようとした。だが手帳に書き込む内容は、無惨な状況を改めて噛みしめるようなものだった。

松宮が手帳の頁（ページ）をめくった時だった。かすかに物音が聞こえた。彼は顔を上げた。

ひゅう、ひゅう、という隙間風のような音だった。それはぴったりと閉じられた襖の向こうから聞こえてくるようだった。

ほかの刑事たちも気づいたらしく、松宮と同じところを見ている。

すると春日井がぼそりといった。「妻です」

えっ、と松宮は声を漏らしていた。

「奥の部屋で横になってもらっているんです」牧村が静かな口調でいった。

また、ひゅう、と聞こえた。それはたしかに人間の声だった。泣いているのだ、と松宮はようやく悟った。だが、もはや声にはなっては出ないのだ。喉が嗄（か）れ、泣き叫ぼうにも、隙間風のような息が吐き出されるだけなのだ。

ひゅう、ひゅう——。

刑事たちは一時沈黙した。松宮は逃げださずにいるのが精一杯だった。

10

午前十時を少し過ぎた頃だった。前原家の玄関のチャイムが鳴らされた。その時昭夫はトイレに入っていた。あわてて手を洗っていると、八重子がインターホンで応対する声が聞こえてきた。インターホンの受話器はダイニングルームの壁に取り付けてある。

「……はい。あの、でも、うちは何も知らないんですけど」相手が何かいっているらしく、少し間を置いてから再び彼女はいった。「……あ、わかりました」

昭夫が入っていくと、八重子が受話器を戻しているところだった。

「来たわよ」

「何が？」

「警察よ」八重子は目元を曇らせた。「決まってるじゃないの」

昭夫の心臓の鼓動は、それまでも落ち着くことはなかったが、彼女の言葉で一層騒ぎ始めた。体温が上昇したような気がした。そのくせ、ぞくり、と背中に悪寒が走った。

「どうしてうちに来たんだ」

「知らないわよ。とにかく早く出てちょうだい。怪しまれちゃうわ」

昭夫は頷き、玄関に向かった。途中、何度か深呼吸を繰り返した。それでも速まった鼓動は一向におさまらない。

警察が来ることは予想していなくもなかった。直巳が少女を殺すまでにどんな行動をとったのか、昭夫はまるで知らない。もしかすると誰かに目撃されていたかもしれないのだ。その場合でも何としてでもごまかさねばならない、と昭夫は心を決めていた。もう後戻りはきかないのだ。

それでもこうして実際に警察がやってきたとなると、やはり不安と恐ろしさで足が震えそうになった。捜査のプロたちに対して、素人のごまかしがどこまで通用するのか全く見当がつかなかったし、正直なところごまかしきれる自信もなかった。

ドアを開ける前に、昭夫は瞼（まぶた）を閉じ、懸命に息を整えた。胸の鼓動が激しいのは、外から見ただけではわからないだろうが、明らかに息が乱れているとなれば、警察官たちも怪しむに違いなかった。

大丈夫だ、と彼は自分にいい聞かせた。警察官が来たからといって、何かがばれたと決まったわけではないのだ。事件現場の周辺を、単に虱潰（しらみつぶ）しに当たっているだけなのかもしれない。

昭夫は唇を舐め、空咳（からせき）をひとつしてからドアを押し開いた。

小さな門の外に、黒っぽいスーツを着た男が立っていた。背の高い、三十代半ばと思われる男だった。日に焼けているので、彫りの深い顔の陰影がいっそう濃く見えた。男は昭夫を見て、軽く会釈を寄越してきた。

「お休みのところ、申し訳ありません」男が快活な調子でいった。「あの、ちょっとよろしいですか」門扉を指さした。

門をくぐってもいいかという意味らしい。どうぞ、と昭夫は答えた。

男は門扉を開け、短いアプローチに入ってきた。ドアのそばまで来てから警察手帳を出した。

男は練馬署の刑事で加賀といった。言葉遣いは柔らかく、いかにも刑事といった威圧感はない。しかし、何となく近寄りがたい雰囲気を持った人物だった。

すぐ向かいの家の玄関先にも、スーツを着た男が立っていた。その家の主婦を相手に何か話し込んでいる。彼も刑事なのだろう。つまり大勢の捜査員が、現在この付近一帯で聞き込みをしているということだ。

「何かあったんですか」昭夫は訊いた。事件のことは知らないふうを装ったほうがいいと判断した。なぜ知っているのかと問われた時、答えられないからだ。

「銀杏公園を御存じですか」加賀は訊いた。

「知ってますけど」

「じつは、あそこで今朝、女の子の遺体が見つかりましてね」

へえ、と昭夫は発した。少しは驚いた芝居をしたほうがいいのかもしれなかったが、そんな余裕はなかった。無表情なのが自分でもわかった。

「そういえば、朝からパトカーのサイレンが聞こえてましたね」

「そうでしたか。早朝から申し訳ありませんでした」刑事は頭を下げた。

「いえ……あの、どこのお子さんなんですか」

「四丁目の、あるお宅のお嬢さんです」加賀は懐から一枚の写真を出してきた。被害者の名前は明かせないきまりなのかもしれない。「こういう女の子なんですがね」

その写真を見せられ、昭夫は一瞬呼吸が出来なくなった。全身が総毛立つのがわかった。

写っているのは目の大きい、かわいい女の子だった。冬場に写されたらしく、首にマフラーを巻き、頭の上で束ねた髪には毛糸の飾りがついていた。その笑顔は幸福感に満ちあふれていた。

この少女が、昨夜自分が段ボール箱で運び、汚く暗い公衆トイレに捨てた死体だとは、昭夫にはとても思えなかった。考えてみれば、じつは死体の顔をしっかりと見たわけではなかったのだ。

こんなにかわいい子供を――そう思うと、昭夫は立っていられなくなった。しゃがみこみ、思いきり叫びたかった。さらには今すぐに二階に駆け上がり、現実に背を向け、自分の作り上げた貧相な世界に閉じこもっている息子を、この刑事たちの前に突き出したかった。もちろん自らも罪を償いたかった。

だが彼はそうはしなかった。足の力が抜けそうになるのを堪え、表情が強張りそうになるのを必死で耐えた。

「見かけたことはないですか」加賀は尋ねてきた。口元に笑みを浮かべていたが、じっと昭夫を見つめる目が不気味だった。

さあ、と昭夫は首を捻った。

「このぐらいの年格好の女の子なら、このあたりでもよく見かけますけど、いちいち顔を見てないし、それにそもそも、そういう時間帯は家にいないし……」

「会社にお勤めなんですね」

「ええ」

「では一応、ご家族の方にもお尋ねしたいのですが」

「家族って……」

「今はどなたもいらっしゃらないのですか」

「いや、そうじゃないですけど」

「すみませんが、どなたが？」

「妻がいます」政恵と直巳のことは伏せておくことにした。

「では、奥様にも声をかけていただけますか。お時間はとらせません」

「それはいいですけど……じゃあ、ちょっと待っていてください」

昭夫は一旦ドアを閉めた。長く、太いため息が出た。

八重子はダイニングチェアに座っていた。不安と怯えの混じった目で夫を見た。

刑事の用件を伝えると彼女は嫌悪感を示す顔でかぶりを振った。

「いやよ、刑事と会うなんて。あなた、何とかしてよ」

「だけど刑事はおまえに訊きたいといってるんだから」

「そんなの、何とでもいいようがあるでしょ。今はちょっと手が離せないとか。とにかく、あたしは嫌だから」そういうと八重子は立ち上がり、部屋を出ていった。

おい、と昭夫が声をかけたが返事をせず、階段を上がっていく。寝室にこもる気なのだろう。

昭夫は頭を振り、顔をこすりながら再び玄関に向かった。

ドアを開けると刑事が愛想笑いをしていた。それを見ながら昭夫はいった。

「なんか、手が離せないらしいんですけど」

「ははあ、そうですか」刑事は当てが外れたような顔をした。「それではですね、誠に申し訳ないのですが、これを奥さんに見せてきていただけませんか」さっきの少女の写真を出してきた。

「あ……それは構いませんけど」昭夫は写真を受け取った。「見かけたことがないかどうかだけ訊けばいいわけですよね」

「そうです。お手数をおかけします」恐縮するように加賀はいい、頭を下げた。

ドアを閉めると、昭夫は家の階段を上がっていった。

直巳の部屋から物音は聞こえない。さすがにテレビゲームはしていないようだ。

向かい側のドアを開けた。そこが夫婦の寝室になっている。八重子は鏡台の前に座っていた。だがさすがに、化粧を始めているわけではない。

「刑事、帰ったの？」

「いや、おまえにこれを見せてくれってさ」昭夫は写真を差し出した。

八重子は写真から目をそむけた。

「なんで、うちに来たのよ」

「知らないよ。どうやら、付近の家を片っ端から当たっているらしい。目撃情報を集めてるんだろ」

「見たことないらしいって、刑事にいっておいてよ」

「もちろん、そういうしかないさ。でも、おまえも一度見ておけ」

「なんでよ」

「自分たちがどんなひどいことをしたか、自覚するためだ」

「何いってるのよ、今さら」八重子は横を向いたままでいった。

「いいから、見ておけ」

「いやよ。見たくない」

昭夫は吐息をついた。少女の天使のような笑顔を見れば、自分の気持ちが切れてしまうことを八重子も知っているのだ。

彼は踵を返し、部屋を出た。向かい側のドアを開けようとした。しかし、鍵がかかっている。元々ついていたわけではなく、直巳が勝手に取り付けた掛け金式の錠だ。

「ちょっとあなた、何してるのよ」八重子が彼の肩に手をかけてきた。

「あいつに見せるんだ」

「そんなことして、何になるのよ」

「反省させる。自分のやったことを思い知らせるんだ」

「今そんなことしなくたって、直巳は十分に反省してるわよ。だから部屋に閉じこもってるんでしょ」

「いいや、あいつは逃げてるだけだ。現実から目をそらしている」

「だとしても……」八重子は顔を歪め、昭夫の身体を揺すった。「今はそっとしておいてやってよ。全部終わってから……うまく隠し終えてから、ゆっくりと話し合えばいいじゃない。何もこんな時に、わざわざあの子を苦しめるようなことをしなくてもいいでしょ。あなたそれでも父親なの？」

妻の目から涙が流れるのを見て、昭夫はドアノブから手を離した。ゆらゆらと首を振っていた。

たしかにそうだと思った。今は目の前の危機を乗り切ることが先決なのだ。

しかし果たして乗り切れるのだろうか、馬鹿な過ち(あやま)を犯した息子とゆっくり話し合える日など本当に来るのだろうか――。

玄関先に戻り、写真を刑事に返した。無論、妻は見たことがないそうだ、という台詞を添えた。

「そうですか。お手間をとらせてすみませんでした」加賀は写真を懐にしまった。

「もういいですか」昭夫はいった。

ええ、と頷いてから、加賀はすぐ横の庭に目を向けた。昭夫はどきりとした。まだ何か、と問うてみた。

変なことを訊くようですが、と加賀は前置きした。

「こちらの芝生は何という種類ですか」

「芝生？」声がうわずった。

「御存じないですか」

「さあ……以前からあるものですから。張ったのはずいぶん前だと思うし。この家は元々、うちの両親のものだったんです」

「そうですか」

「あの、芝生がどうかしたんですか」

「なんでもありません。気になさらないでください」刑事は笑顔で手を振った。「最後に一つだけ。昨日から今朝にかけて、家を留守にしておられた時間はありますか」

「昨日から今朝……ですか。さあ、なかったと思いますけど」

それがどうしたのかと昭夫が尋ねようとした時だった。庭に面しているダイニングルームのガラス戸が、がらりと開いた。昭夫はぎょっとしてそちらを見た。政恵が出てくるところだった。

加賀も驚いたようだ。「あの方は？」と訊いてきた。

「母親です。あ、でも、質問は無理です。こっちのほうにきていまして」そういって昭夫は自分の頭を指差した。「それで、さっきはいわなかったんですけど」

政恵は何やらぶつぶついいながら、しゃがみこんで植木鉢の並んでいるあたりを覗き込んでいる。

たまらずに昭夫は駆け寄った。

「何やってんだよ？」

手袋、と彼女は呟いた。

「手袋？」

「手袋をしないと叱られるから」

政恵は昭夫に背を向けたまま、植木鉢の前でごそごそしていたが、やがて立ち上がり、昭夫のほうを向いた。その手には汚れた手袋がつけられていた。それを見て昭夫は全身が凍り付くほどの寒気を感じた。その手袋は、昨夜彼が使ったものにほかならなかった。そういえば死体を処分した後、手袋をどこに置いたか記憶がない。無意識のうちに、放り出してしまったようだ。

「これでいいでしょ、おじさん」そういいながら政恵は加賀に近づいていき、両手を彼の顔の前に突き出した。

「あっ、何やってるんだ。どうもすみません。もういいから、家の中で遊んでなさい。雨が降ってくるよ」昭夫は子供に話しかけるようにいった。

政恵は空を見上げると、納得したように庭を横切り、ダイニングに上がり込んだ。開けっ放しになっているガラス戸を閉め、昭夫は玄関のほうを見た。加賀が訝（いぶか）しげな顔をしていた。

「ああいう感じでして」昭夫は頭を掻きながら戻った。「だから、お役には立てないと思います」

「大変ですね。御自宅で介護を？」

「ええまあ……」昭夫は頷いた。「あのう、もういいでしょうか」

「結構です。お忙しいところ、御協力ありがとうございました」

刑事が門扉を開けて出ていくのを、昭夫は立ったまま見送った。その姿が見えなくなってから、庭に視線を向けた。

少女の服に付着していた芝のことを思い出し、息苦しくなった。

11

捜査本部は練馬警察署に置かれた。午後二時過ぎ、最初の合同捜査会議が開かれた。松宮は斜め前方に座っている人物のことを気にしていた。じかに姿を見るのは約十年ぶりになる。引き締まった横顔は以前と変わらない。長年剣道で鍛(きた)えられた体格にも変化はないし、背筋をぴんと伸ばした姿勢も昔のままだ。

今回の事件を担当することになってから、いずれは彼に会うだろうと松宮は考えていた。顔を合わせた時、相手がどういう反応を示すか、全く予想がつかなかった。松宮が警察官になっていることは知っているはずだが、警視庁の捜査一課にいることまで把握しているかどうかはわからなかった。

相手は松宮よりも先に席についていた。松宮が後方に座ったことで、今もまだその存在には気づいていないと思われた。

・捜査会議は型どおりに進められていった。死亡時刻は前日の午後五時から九時の間あたりであろうと推定されている。殺害方法は扼殺（やくさつ）。ほかに外傷は認められない。胃の中からアイスクリームが見つかっている。したがってアイスクリーム屋に一人で来たという少女が被害者である可能性が高まった。その場合は、さらに死亡推定時刻を絞れることになる。

銀杏公園の周辺では、路上駐車していたという車が何台か目撃されている。その大方は商用車であったり、ふだんから常習的に駐車している車だった。深夜に関しては、今のところ目撃されていない。

犯人の遺留品と断定できそうなものは見つかっていない。ただ、鑑識課から興味深い報告があった。遺体の衣類にはわずかながら芝が付着していたというのだ。種類は高麗芝で、生育状態はあまりよくなく、手入れもされていない。芝のほかにシロツメクサの葉も見つかっている。俗にいう、三つ葉のクローバーだ。こちらは芝生の雑草として生えていたのではないか、というのが鑑識の見解だった。

春日井親子が住んでいるのはマンションで、当然のことながら庭はない。春日井優菜がふだんよく行く公園にも芝生は植えられているが、こちらは野芝という異なる種類だった。ちなみに銀杏公園に芝は生えていない。

さらに鑑識から興味深い報告があった。春日井優菜の靴下からも、わずかながら同種の芝が検出されたのだ。遺体として発見された時、彼女は運動靴を履いていた。

庭や公園の芝生に足を踏み入れたり、寝転がったりすることはあるかもしれないが、その際に運動靴を脱ぐことは少ないのではないか、というのが捜査員たちの一致した見解だった。しかも昨日は午前中まで雨が降っていた。屋外の芝生は濡れていたはずで、そんなところに素足でならともかく、靴下のまま入るとは思えない。おまけに春日井優菜が履いていた靴は、足首まで紐を結ぶタイプのもので、何かの拍子に脱げることはまずない。つまり彼女が芝生に横たわったのは、自分の意思によるものではなかった可能性が高いというわけだ。

殺されてから、どこかの芝生の上に放り出された、と考えるのが最も自然だった。そうなれば、人目につきやすい公共の場とは思えない。やはり個人宅の庭、ということになる。

以上のことは比較的早い段階で判明していたので、機動捜査隊や練馬署の捜査員たちも、周辺で高麗芝を植えている場所を当たったらしい。ただしこの芝は日本では最もポピュラーといっていい種類なので、個人宅だけでも相当な数にのぼった。犯人が車を使ったのだとしたら、該当場所は飛躍的に増えるわけで、手がかりとして有効かどうかは今のところ何ともいえなかった。

現場周辺の個人庭園を当たった結果が報告されることになった。ところがそのために最初に立ち上がったのが、先程から松宮が気にしていた人物だったので、彼はびっくりした。

「練馬署の加賀です」その人物はそう名乗ってから報告を始めた。「一丁目から七丁目までの間に、庭に芝を張っている家は二十四軒ありました。そのうち高麗芝なのは十三軒です。ただしこれは家人から聞いたことなので、家人が錯誤している可能性はあります。残り十一軒は品種については不明でした。すべての家に被害者の写真を見せて回ったところ、以前から被害者を知っていたというところが三軒ありました。ただし、いずれも最近被害者が立ち寄ったことはないということでした」

通報があった後、彼はすぐに聞き込みに回っていたのだな、と松宮は加賀の報告を聞きながら思った。

ほかにも同様の聞き込みをしていた捜査員がいたらしく、同じような報告がなされた。ただし、現時点では有力な手がかりとなりそうなものではなかった。

今後の方針が捜査一課長から告げられ、とりあえず解散となった。今のところ、犯人が以前から被害者に目をつけていたのか、たまたま彼女を獲物として選んだのかは断言できない。いずれにせよ、車を使って拉致したのではないか、という見方が有力だった。遺体が捨てられていたのが被害者の自宅近くだからといって、犯人もまた近辺の人間だとはかぎらない。そう思わせるためのカムフラージュである可能性も高いからだ。ただ、銀杏公園というさほど知られていない公園を遺棄場所に選んだのは、犯人に何らかの土地鑑があったからだろう、というのが、捜査責任者たちの一致した見解だった。

その後、係長の石垣が二人の主任を呼び、何やら打ち合わせを始めた。練馬署の捜査員らに声をかけ、一言二言話したりもしている。その中には加賀もいた。何を話しているのか、松宮は気になった。

打ち合わせを終えた小林が、松宮たちのところにやってきた。

「こっちは現場周辺を調べることになった。目撃情報はもちろんのこと、最近、小さな子供が何らかの被害に遭いかけたという話がないか、などを調べる。それと、芝生のある家だ。鑑識のほうで芝や土壌についての分析結果を出してくれるそうだから、不審な家がある場合は、どんどん照合していく」

小林は部下たちに仕事を振り分けていった。松宮にも聞き込み捜査が命じられた。

「おまえは加賀刑事と組んでくれ」

小林にいわれ、えっと松宮は聞き直した。

「当然知っていると思うが、優秀な刑事だ。俺も何度か一緒に仕事をしたことがある。やりにくいかもしれんが、今回は彼について動いてくれ。おまえにとっても、必ずいい経験になる」

「でも……」

「なんだ？」小林がぎょろりと黒目を動かした。

いえ、と松宮がかぶりを振った時、「よろしく」と後ろから声をかけられた。振り返ると加賀が松宮をじっと見つめていた。その目は何やら意味ありげだった。

こちらこそ、と松宮は答えた。

散会した後、松宮は改めて加賀のほうを向いた。「久しぶり」

うん、と短く答えた後、「昼飯は食ったか」と加賀は訊いてきた。

「いや、まだだけど」

「じゃあ、食いに行こう。いい店を知っている」

二人並んで警察署を出た。加賀は駅前の商店街に向かっているようだ。

「少しは慣れたかい？」歩きながら加賀が訊いてきた。

「まあぼちぼちかな」松宮はいった。「世田谷の主婦殺害事件を担当した。あれで、いろいろとわかったから、殺しのヤマには少し慣れたよ」

ささやかな虚栄だった。この人物にだけは新米扱いされたくなかった。

加賀はふっと笑いを含んだ吐息をついた。

「事件に慣れることなんてない。殺人を担当している間は特にそうだ。遺族が泣く姿を見るのに慣れるようじゃ、人間として問題がある。俺が訊いたのは、刑事という立場に慣れたかという意味だ。制服を着ている時とは、周りの見る目も違うからな」

「そんなことはわかってるさ」

「それならよかった。まあ、どのみち時間が解決することだしな」

加賀は駅前通りから少しはずれたところにある定食屋に案内してくれた。テーブルが四つ並んでいて、二つが塞がっていた。加賀は入り口に近い席についた。座る前に、エプロンをつけた女性に小さく会釈したから、馴染みの店なのだろう。

「ここは何でもうまい。お勧めは焼き鳥定食だ」

ふうん、と頷いた後、松宮はメニューを見て煮魚定食を注文した。加賀は生姜焼き弁当というのを頼んだ。

「今朝、通報を受けて、恭さんと会うだろうと思ってた」

「そうか」

「びっくりしただろ、俺がいたから」

「そうでもない。さっき見かけて、ああいるんだなと思っただけだ」

「一課に配属されたこと、知ってたのかい」

「まあな」

「伯父さんから聞いて？」

「いや、所轄にいても一課の情報は耳に入ってくる」

「ふうん」

加賀はかつて捜査一課にいたことがある。その時の繋がりが健在なのかもしれなかった。

「恭さんと組むことになるとは思わなかった。うちの主任に何かいったのかい」

「いいや。何か気にくわないのか」

「そういう意味じゃない。ちょっと気になっただけだ」

「いやなら、俺のほうから小林さんに話してもいい」

「そうじゃないといってるだろ」思わず声を尖らせた。

加賀はテーブルに肘をつき、横を向いたままで話しだした。

「所轄の刑事は一課の指示にしたがうだけだ。だから俺たちが組むことになったのは、単なる偶然だ。余計なことを気にする必要はない」

「もちろん俺だって気にしない。係長と主任の指示通りに動くだけだ。恭さんのことも、所轄の一人としてしか見ないつもりだ」

「当然だな。それでいいじゃないか」加賀はさらりという。

料理が運ばれてきた。たしかにうまそうだった。ボリュームがあるし、栄養のバランスもよさそうだ。ずっと独身を通している加賀にとって、この店は貴重なのだろうと松宮は思った。

「叔母さんは元気かい」箸（はし）を動かしたままで加賀から訊いてきた。

突然親戚口調で訊かれたので、松宮は戸惑った。答えない彼に、加賀は不思議そうな目を向けてきた。

肩肘を張りすぎるのも子供っぽいと思い、松宮は頷いた。

「おかげさまで、相変わらず口だけは達者だよ。そういえば、恭さんに会ったらよろしくいっといてくれって、ずいぶん前にいわれたことがある。いつ会えるかわかんないよって、その時はいっておいたんだけどさ」

そうか、と加賀は頷いた。

沈黙の中で松宮は箸を動かした。様々なことが頭に浮かび、料理の味は半分もわからなかった。

先に食べ終えた加賀は、携帯電話を取り出し、何やら操作をし始めた。だがすぐに終わったところを見ると、メールを打ったわけではなさそうだ。

「何日か前に、伯父さんのところに行ってきたばかりだ」松宮はそういって加賀の反応を窺った。

加賀は携帯電話を懐に戻してから、ようやく松宮のほうに目を向けた。

「そうか」関心はない、という口ぶりだった。

松宮は箸を置いた。

「たまには会いに行ったほうがいいぜ。伯父さん、あんまりよくない。はっきりいうけど、本当にもうそれほど長くない。俺の前じゃ、元気なふりをしてるけどさ」

だが加賀は答えようとしない。湯飲み茶碗を口に運んでいる。

「恭さん」

「無駄口を叩いてないで、さっさと食えよ。せっかくのうまい料理が冷めちまうぞ。それに、打ち合わせなきゃいけないこともたくさんあるんだからな」

自分だってこっちのことを尋ねてきたくせに、と不満に思いながら、松宮は食事を再開した。

食べ終えた頃に携帯電話が鳴った。小林からだった。

「鑑識から新たに報告があった。被害者の衣服に白い粒のようなものが付着していたらしいが、それが何かわかったそうだ」

「白い粒……何だったんですか」

「発泡スチロールだ」

「へえ」それが何を物語っているのか、松宮にはわからなかった。

「家電製品の梱包に発泡スチロールが使われていることがあるだろう。あれじゃないか、というのが鑑識の話だ」

「ということは」

「段ボール箱だ」小林は即座に答えをいった。「犯人は死体を段ボール箱に入れて運んだ。その箱に発泡スチロールの粒が残っていて、被害者の身体に付着したというわけだ」

「なるほど」

「これから銀杏公園周辺を探すが、段ボール箱は犯人が持ち去った可能性が高い。どこかで投棄したかもしれんが、犯人が近辺に住んでいた場合は、そのまま持ち帰ったことも考えられる。芝生を採取する際、それらしき段ボール箱が出されてないかどうかもチェックしておいてくれ。鑑識の話では、被害者の排泄物でかなり臭っているはずだから、家の中には持ち込まないんじゃないか、ということだった」

わかりました、といって松宮は電話をきった。

加賀が怪訝そうな顔をしているので、今のやりとりを話した。その上で、こう付け加えた。「俺たちの場合、たぶん無駄骨だと思うけどさ」

この一言に加賀は反応した。どうして、と訊いてきた。

「俺が犯人なら、段ボール箱を家に持ち帰ったりしない。たとえ家がすぐ近くでもそうはしない。車で遠くまで行って、どこか適当なところで捨ててくる。当然だよ」

しかし加賀は頷かなかった。思案顔で頬杖をつき、携帯電話の画面を見つめていた。

12

八重子の顔つきが変わった。両手を温めるように湯飲み茶碗を包んでいたが、その手をダイニングテーブルに置いた。

「あなた、何を今さら……それ、本気でいってるの?」

「本気だよ。もう諦めたほうがいい。直巳を警察に連れていこう」

八重子は夫の顔をしげしげと見つめ、かぶりを振った。

「信じられない……」

「だって、もうどうしようもないだろ。今もいったように、警察はたぶん芝生のことを調べる。うちの芝生だってばれたら、言い訳できない」

「そんなのわからないじゃない。死体に芝生がついてたって、刑事がいったわけじゃないんでしょ」

「いわなくてもわかる。でなきゃ、どうして芝生の種類を訊いたりするんだ。あの女の子の身体に芝生がついてたんだよ。間違いない」

「だってあなた、服についてた芝生は取ったんでしょ。それで、トイレに流したって……」

「だからさっきから何度もいってるだろ。目についた芝生は全部取ったつもりだって。だけどあの暗がりじゃ、完璧かどうかなんてわからない。残ってたって不思議じゃない」

「そこまでわかってるんなら、どうしてもっとちゃんと……」八重子は眉間を寄せ、悔しそうに唇を噛んだ。

「あれ以上、俺にどうしろっていうんだ。どれだけ大変だったと思ってる。人に見られちゃいけないし、早く済ませなきゃいけないし。服にびっしりと芝生がついているところを想像してみろ。暗がりで、全部取りきれるか？　それとも何か。芝生がついてることに気づいた時点で、死体を持って帰ってくればよかったか？」

こんなところで言い争いをしても仕方がないと思いつつ、昭夫は語気が荒くなるのをとめられなかった。死体を処分した時の大変さが蘇ったせいもあったが、芝生を完璧に除去しなければと思いつつ、苦しみから一刻も早く逃れたい一心で適当に放置してきてしまったことに対するごまかしの意味もあった。

八重子はテーブルに肘をつき、額を押さえた。

「一体どうすれば……」

「だからもうどうしようもないんだ。直巳に自首させるしかない。我々も共犯ということになるだろうが、それはもう仕方がない。自業自得なんだから」

「あなた、それでいいの？」

「よくはないが、仕方がないじゃないか」

「仕方がない、仕方がないって、そんな投げやりにならないで」八重子が顔を上げ、夫を睨みつけた。「わかってるの？　直巳の一生がかかってるのよ。万引きとか人を怪我させた程度ならともかく、人殺しを……しかもあんな小さな子を殺したってことになれば、あの子の一生はもうめちゃくちゃになる。それでも仕方がないっていうの？　あたしはそんなふうに思えない。最後の最後まで諦めたくない」

「じゃあ、どうすればいいというんだ。何か手があるのか。芝生のことで問い詰められたらどうする？」

「とりあえず……知らないってことで押し通す」

昭夫はため息をついた。

「そんなことで警察が納得すると思うか」

「だって、仮に芝生がうちのだって証明されたとしても、直巳が殺した証拠にはならないでしょ。あたしたちが知らないうちに、あの女の子が勝手に庭に入ってきたっていう可能性もあるわけだし」

「刑事は、うちが留守にしていた時間帯があるかどうかも訊いていった。勝手に入ってきたのに、なぜ気づかなかったんだって追及してくるぞ」

「気づかないことだってあるわよ。ずっと庭を見張ってるわけじゃないんだから」

「そんなへりくつが警察相手に通用するもんか」

「通用するかしないか、やってみないとわからないじゃない」八重子は声をはりあげた。

「無駄なあがきだといってるんだ」

「それでもいいわよ。直巳を警察に渡さないためなら、あたしは何だってやる。それよりあなたは何なのよ。捨て鉢になって、ちっとも考えてくれないじゃないの」

「考えた結果、ほかに手はないといってるんだ」

「違う。あなたは考えてなんかいない。今の苦しさから逃げることしか頭にない。直巳を自首させれば、自分は楽になれると思ってるんでしょ。後のことなんかどうでもいいと思ってるんでしょ」

「そうじゃない」

「じゃあ、どうしてあたしのいうことにけちばっかりつけるのよ。けちをつけるなら、代わりの案を出したらどうなの。それがないなら黙ってて。警察が甘くないことぐらい、あなたなんかにいわれなくたってわかってるわよ。それでもあたしは、あたしに出来ることをやろうとしてるの」

八重子の剣幕に昭夫はたじろいだ。

ちょうどその時、奇妙な歌声が聞こえてきた。政恵の声だ。その声は八重子の神経をさらに刺激したようだ。彼女はそばにあった爪楊枝の容器を投げ捨てた。床に細い爪楊枝がまき散らされた。

昭夫は口を開いた。

「下手に嘘をついてから逮捕されるより、潔く自首したほうが、結果的に早く社会復帰が出来る。未成年だから名前だって出ないし、どこか遠いところへ引っ越せば、過去のことなんかわからないだろ。俺はそのことをいってるんだ」

「何が社会復帰よ」八重子は吐き捨てるようにいった。「この局面で奇麗事をいってどうすんの。名前が出ないからって、噂がたたないと思う？　引っ越したって無駄よ。子供を殺したっていう評判は、どうせ一生ついてまわる。そんな人間をどこの誰が受け入れてくれるっていうの。あなただったらどうよ。そんな人間を平等に扱える？　あたしならできない。それが当たり前なのよ。ここで捕まったら、直巳の一生は終わり。あたしたちの人生も終わり。そんなこともわからないの？　どうかしてるんじゃないの？」

今度こそ昭夫は返答に窮した。

八重子のいっていることのほうが現実的だとは、彼自身もわかっていた。昨日までは、少年法などはいらないという意見だったのだ。大人だろうが少年だろうが、罪を犯した者にはそれなりの償いをさせるべきだと思っていたし、それが殺人という重い罪の場合は、死刑にすればいいという考えだったのだ。殺人を犯すような人間が更生できるとは思えず、そんな人間が刑期を終えたからといって世の中に戻される現行の法の甘さに、昭夫も不満を抱いていた。八重子のいうとおりだ。たとえ少年時代の罪であろうと、かつての殺人者を差別せずに受け入れる度量など、彼にはなかった。それでいいと思って生きてきた。

「何、黙ってるのよ。何とかいったらどうなの」八重子の声には涙が混じっていた。政恵の歌は相変わらず続いている。まるで読経のように聞こえた。

「中途半端はだめだ」昭夫はぽつりといった。

「何よ、中途半端って」

「中途半端な嘘をついても無駄だ。ごまかすなら、完璧にやらないと。芝生のことで警察がうちに目をつけたら、今度は確実に直巳のことを疑う。刑事に執拗に問い詰められた時、あいつが嘘をつき通せると思うか」

「だからといって、どうすればいいのよ」

昭夫は目を閉じた。吐き気がしそうなほど、胸が苦しくなってきた。

事態を把握した時から、そして死体を処分しようと決めた時から、彼には一つの考えがあった。直巳が罪に問われないようにするための、ある手段についてだった。しかし彼は今までその考えを、意識的に自分の頭から追い出していた。人として絶対にすべきことではないと思っていたからでもあるが、それ以上に、ひとたびその考えにとらわれれば、もう二度と引き返せなくなることがわかっていたせいもあった。

「ねえ……」催促するように八重子がいった。

「もし、今度刑事が来たら……」昭夫は続けた。「そうして、もし嘘がつきとおせないとわかった時には……」唇を舐めた。

「どうするの？」

「自首……させる」

「あなた」八重子が目を険しくした。「だからあたしは——」

「最後まで聞け」昭夫は深呼吸した。「そうじゃないんだ」

13

山田(やまだ)という表札の下にあるインターホンのチャイムを鳴らすと、男性の声が返ってきた。「はい」

松宮はマイク部分に口を近づけていった。

「警察の者ですが、今よろしいでしょうか。ちょっとお願いしたいことがありまして」

「あ、はあ……」相手は戸惑ったような声を出した。

間もなく玄関のドアが開き、頭の禿げた男性が不安そうな顔を覗かせた。短い階段を下りて、松宮たちのいる門扉のところに来た。

「今朝ほどはどうもありがとうございました」松宮の横で加賀がいった。

「今度は何ですか」家の主人が不満そうな顔を松宮と加賀に向けた。

「お宅では庭に芝を植えておられますよね」松宮がいった。

「ええ」

「その芝を採取させていただきたいんです」

「はあ？　うちの芝をですか」

「銀杏公園で女の子の死体が見つかった事件は御存じだと思いますが、その捜査のためです。この付近のお宅すべてにお願いしていることです」

「何のために芝なんか……」

「照合したいことがありまして」

「照合？」男の顔が曇った。

「山田さんのお庭がどうとかという意味ではないんです」加賀が口を挟んだ。「この町内全体で、どういった芝が使われているかを調べる必要がありまして、それでお願いして回っています。だめだということでしたら、もちろん無理にとはいいませんが」

「いや、だめだってことはないですけど……うちが疑われているとか、そういうことではないんですね？」

「それはもちろんそうです」加賀は笑顔を見せた。「お休みのところ、本当に申し訳ありません。すぐに終わりますから、よろしいでしょうか。全部こちらでやりますので。芝生に傷が残らないよう、少量にしておきます」

「そういうことなら、まあいいですよ。庭はこっちです」家の主人はようやく得心した様子で、松宮たちを中に入れてくれた。

松宮は加賀と共に、庭に芝生のある家を一軒一軒あたり、芝生と庭の土を採取して回っていた。どの家でも、もちろんいい顔はされない。自分のところが疑われているのか、と尖った口調で質問されることが多かった。

「なんか、効率がよくないな」山田という家を出てから松宮はいった。

「そうかい」

「いちいち説明して回らなきゃいけないってのは面倒だ。本部の誰かに、先に電話で事情を話させておけば、こっちの作業はスムーズに行くわけだろ」

「なるほど。説明係と芝生の採取係とを分ければいいということか」

「恭さんはそう思わないのか？」

「思わないな」

「どうして？」

「かえって効率が悪くなるからだ」

「なんでだよ」

「捜査は事務仕事じゃない。事情を説明するという行為でさえ、機械的にやればいいというものではないんだ。なぜなら相手が犯人である可能性もあるわけだからな。話しながら相手の反応を観察することで、何らかのヒントを摑める場合もある。しかし電話では、なかなかそこまでは察知できない」

「そうかな。声の具合でわかることもあるんじゃないかな」

「じゃあそういうこともあるとしよう。そこで君の案を採用したとする。事情を説明するために電話をかけた捜査員が、相手の対応に不自然なものを感じた場合、芝生の採取係をやっている捜査員に、いちいちその旨を伝えねばならない。それは効率が悪いと思わないか。しかも、直感というのは人に伝えにくいものだ。上手く伝わらない場合、実際に相手と接触する捜査員がとんでもないミスをしでかすおそれもある。また、事前に電話で事情を説明するということは、犯人に何らかの準備をする猶予を与えるということでもある。地味な作業にげんなりする気持ちはわかるが、どんなことにも意味はあるんだ」

「別にげんなりしているわけじゃないけどさ」松宮は言い訳をしたが、加賀の意見に反論する言葉は思いつかなかった。

受け持ち区域内で庭に芝生を植えている家を、松宮は加賀と共に順番に回っていった。採取した芝生は一つ一つビニール袋に入れ、どこの家のものなのかを記す。たしかに地味な作業だった。小林から命じられている、段ボール箱の件もぬかりなくチェックしていた。しかし今のところ、怪しげな段ボール箱は見つかっていない。見つかるわけがない、と松宮は内心思っていた。

一軒の家の前で加賀が立ち止まった。じっと玄関を見つめている。前原という表札が出ていた。芝生を採取する対象に入っている家だ。だが加賀の目つきがこれまでとは少し違って、妙に鋭さを増しているようなので、松宮は気になった。

「どうかしたのかい」彼は訊いた。

「いや、なんでもない」加賀は小さくかぶりを振った。

二階建ての古い家屋だった。門扉があり、すぐ正面に玄関がある。短いアプローチの右側が庭だ。芝生が生えている。見たところ、あまり手入れはされていない。

て多少知っている捜査員の話だった。

春日井優菜の衣服には、芝生のほかにシロツメクサも付着していた。よく手入れがなされている庭なら、その手の雑草は処理されているはずだというのが、芝生について多少知っている捜査員の話だった。

松宮はインターホンを鳴らした。はい、という女性の声が聞こえた。形式通りに名乗ってみる。やはり、はい、と相手は短く答えた。

玄関のドアが開けられるまでの間に、松宮は書類を見ながら前原家の家族構成を確認した。練馬署にある資料をコピーしたものだ。世帯主は前原昭夫で、現在四十七歳。妻は八重子で四十二歳。十四歳の息子と七十二歳になる母親がいる。

「平凡な一家という感じだな」松宮はぽつりと漏らした。

「ここの婆さんは認知症らしい」加賀がいった。「平凡な家庭など、この世にひとつもない。外からだと平穏な一家に見えても、みんないろいろと抱えているもんだ」

「そんなことはいわれなくてもわかってるよ。今回の事件には関係がなさそうだ、という意味でいったんだ」

玄関のドアが開いた。出てきたのは小柄な中年男だった。ポロシャツの上からトレーナーを着ている。前原昭夫だろう。松宮たちを見て、小さく会釈してきた。たびたびすみません、とここでも加賀が先に詫びの言葉を口にした。

芝生を採取したい旨を松宮がいうと、前原は一瞬たじろいだような表情になった。

その些細（ささい）な変化をどう捉えていいのか、松宮にはよくわからなかった。

「あ……いいですよ」前原はあっさりと答えた。

失礼します、といって松宮は庭に入り、手順通りに芝生の採取にとりかかった。鑑識からは、なるべく土を多めに採ってきてくれといわれている。

「あのう」前原が遠慮がちにいった。「それで、どういったことがわかるんですか」

加賀が黙っているので、作業をしながら松宮が答えた。

「詳しいことはお教えできないんですが、このあたりのお宅ではどういった芝を使っておられるのか、データを集めているところなんです」

「ははあ、そういうデータをねえ」

そんなものが捜査にどう役立つのか、前原は訊きたいに違いなかった。しかし尋ねてはこなかった。

芝生をビニール袋に入れ、松宮は腰を上げた。前原に礼を述べようとした。

その時、家の中から声が聞こえてきた。

「お願いだからやめてっ。おかあさんっ」女の声だった。

さらに、何かが倒れるような音もした。

前原は、「ちょっとすみません」と松宮たちにいうと、あわてた様子でドアを開け、中を覗いた。「おい、何やってるんだ」

室内にいる女性が何かいっている。話の内容は聞き取れない。

やがて前原はドアを閉め、松宮たちのほうを向いた。ばつの悪そうな顔をしている。

「やあ、どうも、お恥ずかしいところをお見せしました」

「どうかされたんですか」松宮は訊いた。

「いや、大したことじゃないんですが、婆さんがちょっと暴れたようです」

「婆さん？　ああ……」

松宮は、ついさっき加賀から訊いた話を思い出していた。

「大丈夫ですか。何か我々でお手伝いできることがあれば、おっしゃってください」

加賀がいった。「徘徊老人についての相談窓口なども、うちの署にはありますが」

「いえ、御心配なく。自分たちで何とか。はい」前原は明らかに作り笑いと思われる顔でいった。

松宮たちが門の外に出ると、前原も家の中に消えた。それを見届けた後、松宮は吐息をついた。

「きっと会社でもいろいろと苦労があるだろうに、家の中にあんな問題を抱えているなんて、あの人も大変だな」

「あれが今の日本家庭の一典型だ。社会が高齢化していることは、何年も前からわかっていた。それなのに大した準備をしてこなかった国の怠慢のツケを、個人が払わされているというわけだ」

「ぼけ老人を家で介護しなきゃいけないなんて、考えただけでも混乱してしまう。俺も他人事じゃない。いずれは母親の面倒を見なきゃいけないわけだし」

「世の中の多くの人が抱えている悩みだ。国が何もしてくれないんだから、自分で解決するしかない」

加賀の言葉に松宮は抵抗を覚えた。

「恭さんはいいよな」彼はいった。「伯父さんを一人にして、自分は好きなように生きていけるわけだから。何にも縛られないでいられる」

口に出してから、少しいいすぎたかなと思った。加賀が怒るかもしれない。

「まあ、そうだな」しかし加賀はあっさりとそういった。「生きていくのも死んでいくのも、一人だと気楽でいい」

松宮は足を止めた。

「だから伯父さんも一人で死ねってことかい？」

すると加賀はさすがにやや虚をつかれた顔で松宮を見た。だがさほど動揺した気配は見せず、ゆっくりと頷いた。

「どういうふうに死を迎えるかは、どう生きてきたかによって決まる。あの人がそういう死に方をするとしたら、それはすべてあの人の生き様がそうだったから、としかいえない」

「あの人って……」

「暖かい家庭を作った人間は、死ぬ時もそのように送り出してもらえる。家庭らしきものを作らなかった人間が、最後だけそういうものを望むのは身勝手だと思わないか」

「俺は……俺たちは作ってもらったよ。伯父さんに暖かい家庭というものを。母子家庭だけど、それを苦にせず生きてこられたのは伯父さんのおかげだ。俺は伯父さんに孤独な死なんか迎えさせる気はない」松宮は加賀の冷めた目を見返しながら続けた。「恭さんが伯父さんを見捨てるというなら、それはそれでいい。俺が伯父さんの面倒をみる。伯父さんの死は、俺が看取(みと)るよ」

何か反論があるかと期待したが、加賀は静かに頷いただけだった。

「好きにすればいい。君の生き方に口出しする気はない」そういって彼は歩きだしたが、すぐに立ち止まった。前原家の横に止めてある、一台の自転車を見つめている。

「その自転車がどうかしたのか？」松宮は訊いた。

「何でもない。急ごう。まだ回らなきゃいけない家は何軒もある」加賀はくるりと背中を向けた。

14

カーテンの隙間から、ガラス戸越しに通りの様子を窺った。小学生と思われる少年が二人、自転車で通り過ぎていった。

二人の刑事が立ち去ってから十分以上が経つ。彼等が戻ってくる気配はない。昭夫はため息をつき、カーテンから離れた。ソファに腰を下ろした。

「どう？」ダイニングチェアに座っていた八重子が訊いてきた。

「刑事はいない。たぶん見張ってもいないと思う」

「じゃあ、うちにだけ来たわけではないのね」

「おそらくな。断言はできないけど」

八重子は両手でこめかみを押さえるしぐさをした。頭が痛い、と先程から漏らしている。寝不足のせいだろう。

「でも、芝生を持っていったってことは、もうどうしようもないわけよね」

「そうだな。科学捜査ってのはすごいというからな。うちの芝だってばれるかもしれない」

「いつ頃かしら」

「何が？」

「今度、警察がうちに来るのがよ。ああいうのって、すぐにわかるものなの？」

「さあな。だけど、二日も三日もかかるってことはないと思う」

「早ければ、今日の夜とか？」

「そうかもしれない」

八重子は目を閉じ、ああ、と声を漏らした。絶望感の漂う声だった。

「うまくいくのかしら……」

煙草に手を伸ばしかけていた昭夫は、小さく舌打ちした。

「今さら何をいってるんだ」

「だって」

「直巳が捕まらずに済むんなら、どんなことだってするといったのはおまえじゃないか。だからこういう方法を考えてやったんだ。それとも何か？　やっぱり直巳を警察に連れていくか」

昭夫は苛立ちを口調に込めていた。彼としては十二分に苦悩した末に実行を決断したことだけに、この期に及んで弱気な台詞を吐かれると腹が立った。

八重子はあわてた様子で首を振った。

「そうじゃないの。考えを変えたわけじゃないのよ。絶対にうまくいかせたいと思ってるから、何かミスがないかを確認したいだけなの」

彼女の声には取り繕うような響きがあった。昭夫の機嫌を損ねてはいけないと思っているようだ。

彼はせわしなく煙草を吸い、早々に一本を灰にした。

「二人で何度も計画を見直したじゃないか。その上で、これならうまくいくはずだという結論を出した。後はもう運を天に任せるしかない。俺はもう腹はくくったんだ。おまえも今さらじたばたするな」

「だから、じたばたしてるわけじゃないんだって。何か見落としがないか、確かめたいだけ。あたしだって覚悟は決めてるわよ。さっきだって、うまく演技したでしょ。刑事、どんな顔をしてた？」

昭夫は首を傾げた。

「どうかな。おまえの声を演技だとは気づかなかったと思うけど、どこまで印象に残ったかはわからんな」

「そうなの？」八重子はやや失望したようだ。

「実際に婆さんが暴れているところでも目にすれば、かなりインパクトが強かったと思うんだけど、そんなわけにいかないもんな。――ところで、婆さんは？」

「さあ……部屋で寝てるんだと思うけど」

「そうか。——直巳は何をしている？」

昭夫の問いに八重子は即答しない。眉根を寄せ、考え込んでいる。

「なんだ、またゲームか」

「違うわよ。あの子にも計画を話したから、それについていろいろと考えているんだと思う。あの子だって、すごく傷ついてるんだから」

「多少の反省が何になるというんだ。とにかく、ちょっと呼んできなさい」

「何する気？　今ここで叱ったって——」

「そんなことしないよ。今度の計画をうまくいかせるためには、俺たち全員が完璧に嘘をつきとおさないといけないんだ。少しでも辻褄の合わないことがあれば、警察は徹底的にそこをついてくるぞ。だから予行演習をしておきたい」

「予行演習？」

「警察は直巳からも話を聞こうとするだろう。その時に話がしどろもどろになったり、矛盾が出てきたりしたらまずい。しっかりと打ち合わせておかなきゃ、尋問は乗り切れない。だから俺が事情聴取の予行演習をしてやるといってるんだ」

「そういうことなの……」八重子は目を伏せた。何やら考え込んでいる様子だ。

「どうした。早く呼んできなさい」

「あなたのいってることはわかるけど、今はまだ無理じゃないかしら。もう少し後にしたほうがいいと思うんだけど」

「無理って何だ。どういうことだ」

「女の子を死なせたっていうショックで、ずっと落ち込んでいるのよ。計画のことは話したけど、とても刑事の前で演技なんかできないと思うの。ねえ、あの子はここにはいなかったってことにできない？」

「いなかった？」

「だから事件が起きた時、あの子は家にいなかったことにするの。そうすれば刑事だって、あの子から話を聞こうとはしないでしょ」

八重子の提案を聞き、昭夫は天井を見上げた。全身から力が抜けそうだった。

「それ、あいつがいったんだな」

「えっ？」

「直巳がいったんだろ。自分はいなかったことにしてくれって」

「それはあの子がいったわけじゃなくて、あたしがそのほうがいいかなって思ったのよ」

「刑事と話したくないって、あいつがいったからだろ。そうだろ」

八重子は唇を舐め、俯いた。

「無理ないわよ。あの子はまだ中学生なんだから。刑事のことは怖いと思っているし。それに、あの子にそんなことは無理だと思わない？」

昭夫は頭を振った。

彼女のいっていることはわかる。堪え性がなく、気紛れでわがままな直巳では、執拗に質問を繰り返すに違いない刑事の相手は無理なように思えた。面倒になり、途中で白状してしまいそうな気がした。しかし、そもそも誰が悪いのか。誰のせいでこんな苦労をしなければならなくなったのか。こんな事態になった今でも、直巳がすべてを両親に押しつけて逃げようとしていることが、昭夫には情けなかった。

「嘘に嘘を重ねることになるぞ」彼はいった。「直巳がここにいなかったのだとしたら、じゃあどこにいたんだってことになる。適当な嘘をいっても、警察は絶対に裏づけ捜査をするからばれてしまう。どっちにしても、あいつが刑事と会わなくて済むってことはない。だとしたら、嘘は少ないほうがいいんじゃないのか」

「そんなことといっても……」

八重子が口ごもった時だった。インターホンのチャイムが鳴った。

昭夫は妻と顔を見合わせた。

「また刑事かしら」八重子は怯えたように顔を曇らせた。「芝生のことで何かわかったのかな」

「まさか、そんなに早くはないと思うが」昭夫は乾いた唇を舐め、インターホンを取り上げた。はい、と低くいってみた。

「こんにちは。あたしだけど」

昭夫はふうーっと太い吐息をついた。聞こえてきたのは春美の声だった。だが警察ではなかったことに安堵しつつ、昭夫は狼狽していた。妹の対処については、まだ何も考えていなかったのだ。

「なんだ、今日はやけに早いじゃないか。店、休みなのか」のんびりとした声を出した。

「そうじゃないんだけど、近くまで来たから」

「ふうん」昭夫はインターホンを切り、八重子を見た。「まずい。春美が来ちまった」

「どうするのよ」

「何とかして、うまく追い返してみる」

昭夫は玄関に回ってドアを開けた。春美はすでに門の内側に入っていた。彼女にとっても実家なわけだから、遠慮する気はないのだろう。

「すまん、春美。今日もいいよ」昭夫はいった。

「いいって、どういうこと？」

「お袋のことは、こっちで何とかする。じつは今、取り込み中なんだ」昭夫は気まずそうな顔を作った。

「どうしたの？」春美は眉根を寄せた。「おかあさんのことで何かあったの？」

「いや、そうじゃない。お袋は関係ない。……直巳のことだ」

「直巳君？」

「進学のことで、八重子と揉めちゃってさ」

へえ、と春美は怪訝そうな顔をした。

「お袋は部屋でおとなしくしてるよ。体調もいいみたいだしさ。食事の世話ぐらいなら、俺にだって出来る。だから、今日のところは帰ってくれ」

「ふうん。大丈夫だっていうなら、あたしはそれでいいけど」

「わざわざ来てくれたのに悪いな」

「まあいいよ。じゃあ、これを食べさせて」そういって春美は提げていたスーパーの袋を差し出した。

中を覗くとサンドウィッチと紙パック入りの牛乳がいくつか入っていた。

「こんなものでいいのか」昭夫は訊いた。

「最近のおかあさん、サンドウィッチを一番喜ぶの。ピクニックとかに行った気分になるみたい」

「へえ」昭夫が初めて聞く話だった。

「床の間に置いておけばいいわ。そうすると勝手に食べるから」

「どうして床の間なんだ」

「知らない。おかあさんにはおかあさんのルールがあるんじゃないの。子供と同じよ」

理解しにくい話だったが、昭夫としては受け入れるしかなかった。

「明日はどうすればいい？」

「そうだな。もし必要になれば電話するけど、しなかったら、来てくれなくていい」

「えっ、そうなの？」春美は目を丸くした。

「ここ二、三日、お袋は体調がよさそうで落ち着いているし、土日は俺がいるから何とかやれると思うんだ。いつも春美たちに甘えてばかりなのも気が引けるしな」

「お義姉さんはそれでいいといってるの？　でも揉めてるんじゃないの」

「揉めてるのは直巳の進路についてだといってるだろ。とにかく問題は何もないから、お袋については心配してくれなくていい」

「そうなの？　それならよかった。でも油断しないでね、突然おかしなことを始めたりするから。お義姉さんの化粧品なんか、隠しておいたほうがいいわよ」

「化粧品？」

「なんか最近、化粧に興味があるみたいなのよ。といっても、大人の女としてって意味じゃないわよ。ほら、小さな女の子が母親の真似をして口紅を悪戯したりするでしょ。あれと同じよ」

「そんな悪戯をしたりするのか」

昭夫は父親のことを思い出した。そういえば、父の章一郎もそんなことをしていた。それを教えてくれたのは政恵だった。その彼女が今は同じことをしている。

「だから、目に見えるところに迂闊（うかつ）に化粧品なんかを置いちゃだめよ」

「わかった。八重子にもいっておくよ」

「よろしく。もし何かあったら電話をちょうだい」

「わかった」

春美が門を出ていくのを、昭夫は玄関先で見送った。これから自分たちのやろうとしていることを思うと、彼女に対して申し訳ないという気持ちで胸が痛んだ。

昭夫がダイニングルームに戻ると、早速八重子が尋ねてきた。

「春美さん、何だって？」

「二日続けて、介護の必要がないといったものだから、変に思ったようだ。でも、何とかごまかした」

「化粧品がどうとかって聞こえたけど」

「ああ、婆さんのことだ」昭夫は春美から聞いた話を八重子に伝えた。

「そんな悪さをすることがあるの？　全然知らなかったわ」

悪さ、という言葉に昭夫は引っかかった。しかしそれについて文句をいっている場合ではない。

「直巳を呼んできてくれ」彼はいった。

「あなた、だからそれは」

「甘いことなんかいってられない。俺たちがやろうとしていることがどういうことか、わかってるのか。死ぬ気になれなきゃやり通せない。あいつにも、そういうことをわからせる。ごねれば親は何でもいうことをきくと思ったら大間違いだ。全く、あいつは親を何だと思ってるんだ。とにかく呼んできなさい。おまえが嫌だというなら、俺が呼んでくる」

彼が腰を浮かせると、八重子は先に立ち上がった。

「待ってちょうだい。わかった。あの子を呼んできます。でもお願いだから、厳しくいわないでね。それでなくたって、ひどく怯えているんだから」

「怯えて当然だ。早く呼んでくるんだ」

はい、と答えて八重子は出ていった。

昭夫は酒を飲みたかった。意識がなくなるまで酔い潰れたかった。

気づくと春美から受け取ったスーパーの袋を提げたままだった。彼は吐息をつき、ダイニングを出た。奥の部屋の襖を開けると、薄暗い中で政恵が背中を向けて座っていた。

お袋、とつい声をかけたくなる。だがそう呼びかけても彼女が反応しないことを昭夫は知っている。自分が何者なのか、今の政恵にはよくわかっていないのだ。「まーちゃん」と呼べば返事をすることが多いと春美は教えてくれたが、昭夫はそんなふうに呼ぶ気になれない。

「サンドウィッチだよ」

彼がそういうと、政恵はくるりと振り向いた。そしてにっこりと笑った。童女のような笑顔と表現できるのかもしれなかったが、それを見て彼は寒気を覚えた。

政恵は四つん這いで昭夫のところに来ると、スーパーの袋を摑み、また四つん這いで床の間に移動した。そして袋からサンドウィッチを取り出すと、ひとつずつ横に並べ始めた。

彼女がまだ例の手袋をはめていることに昭夫は気づいた。何が気に入ったのか、彼にはまるでわからなかった。わかっているのは、無理矢理外させようとすれば、狂ったように怒るだろうということだけだ。

部屋を出て、襖を閉めた。暗い廊下を歩きながら、ついさっき彼自身が八重子にいった言葉を思い出していた。

親を何だと思ってるんだ——。
それは自分自身に対して発すべき台詞だと気づき、彼はがっくりと項垂れた。

15

母親との同居は正解だった、と昭夫はこの家に住み始めてしばらくは信じていた。八重子も直巳も新しい生活に慣れたように見えたし、政恵も自分のペースで暮らしているように思えたからだ。だがそれは表面上のことにすぎなかった。重苦しい空気は、確実にこの家を包み込んでいった。

目に見える最初の異変は、夕食時に起きた。いつものように食卓についた昭夫は、政恵の姿がないことに疑問を持った。

「お義母さんは自分の部屋で食べたいそうよ」彼の問いかけに、八重子はさらりと答えた。

どうして、とさらに訊いたが、さあ、と彼女は首を捻るだけだった。

その日以来、政恵が皆と食卓につくことはなくなった。それだけでなく、献立(こんだて)も別になった。八重子はすでにパートに出るようになっていたが、彼女が留守の間に政恵は自分の夕食を作っているようだった。

「あなた、お義母さんにフライパンを洗わないでっていってちょうだい。洗剤でごしごし洗われると、せっかく油に馴染んだ表面が台無しになっちゃうんだから」こんなふうに八重子から責められることも次第に増えていった。

なぜ別々に料理を作るのか、一緒に食べないのか、そうした疑問を抱きつつ、昭夫は口には出さなかった。答えは大体想像がついたからだ。八重子と政恵では料理の好みも味付けも全く違う。それに関して二人の間でちょっとした諍い（いさか）があり、そのことが尾を引いているに違いなかった。

嫁と姑の確執（かくしつ）など世間ではよくあることだと割り切り、昭夫は見て見ぬふりを決め込んだ。家に帰るのが気重になり、酒場に寄ることが多くなった。そんな時、一人の女と知り合い、深い仲になった。新橋のバーで働いている女だった。

ちょうどその頃、直巳がいじめに遭っているということで八重子から相談を受けた。憂鬱で面倒な話だと思った。大したことではないと思ったから、直巳を叱った。厄介事を増やしたことが苛立たしかったのだ。

家庭に関心を持てない時期だったから、昭夫は女にのめりこんだ。二週間に一度が毎週になり、やがては三日にあげず店に通うようになった。その女の部屋に寄り、朝帰りすることもしばしばあった。

さすがに八重子も感づいた。

「どこの女？」ある夜、彼女は詰問してきた。

「何の話だ」

「とぼけないでよ。毎晩毎晩、一体どこに通ってるの？　正直に白状しなさいよ」

「付き合いで飲みに行ってるだけだ。変な誤解するな」

「そんなんで誤魔化せると思ってるの？　馬鹿にしないでっ」

毎晩のように口論となった。もちろん昭夫は女の存在など最後まで認めなかったし、八重子も証拠は摑めなかったようだ。しかし彼女の疑念が晴れたわけではなかった。むしろ確信していた。昭夫がその女と別れて何年も経つというのに、彼女が時折彼の携帯電話を盗み見していることを彼は知っていた。

息苦しい生活が続いていたある日のことだった。政恵が丸一日以上、部屋から出てこないことがあった。どうしたのかと思って昭夫が様子を見に行くと、彼女は縁側に座って外を眺めていた。

何をしているんだ、と彼は訊いた。返ってきた答えは予想外のものだった。

「お客さんが来てるみたいだから、部屋から出ないようにしているのよ」

「客？　そんなもの来てないぜ」

「来てるじゃない。ほら、聞こえるでしょ」

聞こえてくるのは八重子と直巳の話し声だった。

昭夫はげんなりした。政恵が嫌味をいっていると思ったからだ。

「何があったのか知らないけど、いい加減うまくやってくれよ。俺だって疲れてるんだからさ」

しかし政恵はきょとんとしている。

「私の知らないお客さんでしょう？」

「もういいよ。好きなだけやってくれ」そういうと昭夫は部屋を出た。

この時にはまだ何も疑っていなかった。何か気にくわないことがあって、政恵が八重子を他人扱いしているだけだろうと思っていた。実際、その直後には、彼女はいつもと変わらぬ様子で八重子や直巳たちと接していた。もちろん仲むつまじいわけではなく、いつも通りにぎくしゃくしているということだ。

だが事態はそれほど甘いものではなかった。

ある夜、昭夫が布団に入ってうとうとしていたら、八重子に揺すり起こされた。階下で物音がする、というのだった。寝ぼけ眼（まなこ）をこすりながら見に行ってみると、政恵が和室に置いてあった卓袱台（ちゃぶだい）を、ダイニングルームのほうに引きずっているところだった。

「何やってるんだよ」

「だって、これはそっちの部屋でしょ」

「なんでだよ。和室に置くってことにしたじゃないか」

「でも、御飯食べるところに置かないと」

「何いってるんだ。テーブルがあるだろ」

「テーブル？」

ほら、といって昭夫はドアを開けた。ダイニングテーブルが見えた。同居する時、台所と接していた和室をダイニングルームに改装した。その際に買ったものだ。

あっ、というように政恵は口を開き、そのまま立ち尽くした。

「もういいから、早く寝ろよ。これは俺が戻しておくからさ」

政恵は無言で自分の部屋に戻っていった。

寝ぼけたのだろう、と昭夫は解釈した。だがそう思って八重子に話したところ、彼女の考えは違っていた。

「お義母さん、ぼけてきてるよ」冷めた口調でいった。

まさか、と昭夫はいった。

「あなたは会社に行ってるから気づかないのかもしれないけど、確実にぼけてきてるから。料理を作って、そのままになってることがよくあるのよ。食べるのを忘れてるみたい。あたしが、お義母さん、お鍋のお粥は食べないんですかって訊いたら、自分はそんなもの作ってないっていうのよ。まあ、いつもいつもってわけじゃないけど」

昭夫は絶句した。父親に続き、母親までもがそんなことになるとは想像もしていなかった。目の前が暗くなった。

「どうするの？　いっておくけど、あたし、介護するためにこの家に来たんじゃないわよ」

わかっている、と答えるのが精一杯だった。しかし、解決策など何ひとつ思い浮かばなかった。

政恵の痴呆は、それから急速に進んだ。様々なタイプがあるようだが、彼女の症状の特徴は、とにかく記憶力の低下だった。たった今話したことを忘れ、自分の行動を忘れ、家族の顔を忘れ、それどころか、自分が誰であるかも曖昧になるというひどさだった。春美が病院に連れていってくれたが、治療できる見込みはないということだった。

八重子は、施設に入れたらどうか、と提案した。姑を追い出せる千載一遇のチャンスだと思っていたかもしれない。しかし春美が断固反対した。

「おかあさんは、この家にいるのが一番安心なの。しかも改築される前の家にこだわっている。あの古い家で、おとうさんと暮らしているつもりなのよ。そう信じることで、ようやく落ち着いていられるの。ほかの場所に移したりしたら、きっと苦しむ。そんなこと、あたしは絶対に許せない」

そうはいっても、世話をしなければいけないのは自分たちなのだ、と八重子は反論した。すると春美は、自分が何とかする、といった。

「兄さんやお義姉さんの手は煩わせない。あたしが世話をします。だから、おかあさんはこの家に置いてください。いいでしょう？」

妹にそこまでいわれれば、昭夫としては何もいい返せない。とりあえず、そのセンでやってみようということになった。

最初の頃、春美は昼間にやってきた。政恵の相手をし、食事をさせ、昭夫が帰宅する頃に帰るのだ。だがすぐに、夜に来たほうがいいということになった。昼間、政恵は殆ど眠っており、夕方に起き出すことが多いからだ。毎夜、決められた時間に春美は来るようになった。いつも手料理を持参してくる。政恵が八重子の作ったものは食べないからだ。

ある時、春美がいったことがある。

「おかあさんは、あたしのことを母親だと思っているのよ。自分はどこか知らない家に預けられていて、夜になれば母親が会いに来てくれると思っているみたい」

昭夫には俄に信じられない話だった。だが政恵の様子を見ていると、たしかに幼児退行の症状を示しているようだった。彼は関連本を何冊か読んでみた。どの本にも同じ意味のアドバイスが書かれていた。

痴呆老人には本人が作り上げた世界がある。その世界を決して壊そうとしてはならない。それを維持しつつ、接しなければならない——。

政恵の頭の中では、この家はもはや知らない家なのだった。そしてそこに住んでいる昭夫たちも、彼女にとっては知らない人なのだ。

16

松宮たちが受け持ち分の地域の家を全部回った時には、すでに夜になっていた。鞄の中は採取した芝を入れたビニール袋でいっぱいだ。

収穫があったのかどうか、松宮自身にもよくわからなかった。当たってみた家のどこにも、少女を殺しそうな人間は住んでいなかった。誰もが平凡で、豊かさに多少の差はあれど、皆、懸命にその日その日を生きているように見えた。

「この町内にはいないよ」バス通りに向かって歩きながら松宮はいった。「あんなことをするのは、やっぱり変質者だ。独り暮らしをしている男で、歪んだ性癖を持った奴だ。考えてみろよ。歩いている女の子を、突然車につれ込んで、そのまま拉致したわけだぜ。どんな悪戯をする気だったか知らないけど、とにかくその場から遠ざかろうとするのがふつうじゃないか。で、どこかで殺しちまったもんだから、この町に戻ってきて死体を捨てることにしたわけだ。犯人がこの町の人間だと思わせるためにね。ということはつまり、犯人はこの町の住人ではないということになる。俺のいってること、何かおかしいかな」

隣を歩いている加賀は無言だ。俯き、何事かを考えている顔だった。

「恭さん」松宮は呼びかけた。

加賀はようやく顔を上げた。

「聞いてなかったのかよ」

「いや、聞いている。君の考えはよくわかった。妥当性もあるように思える」

回りくどい言い方に、松宮は少し苛立った。

「いいたいことがあるならいえよ」

加賀は苦笑した。

「そんなものはない。いっただろ。所轄の人間は一課の指示にしたがうだけだ」

「なんかそういうの、むかつくな」

「嫌味をいったつもりはない。気を悪くしたのなら謝る」

二人はバス通りに出た。松宮はタクシーを捕まえようとしたが、その前に加賀がいった。

「俺はちょっと寄っていきたいところがある」

空車を見つけたので手を上げかけていた松宮は、あわててその手を下ろした。

「どこだよ、寄っていきたいところって」

加賀はためらいを見せた後、松宮をごまかすのは無理と思ったか、吐息をついてから答えた。

「一軒、気になる家があるんだ。少し調べていきたい」

「どこの家?」

「前原という家だ」

「前原……」松宮は鞄からファイルを出し、家のリストを眺めた。「あの家か。痴呆の婆さんがいる家だな。どうしてあの家が気になるんだ」

「話せば長くなる。それにまだ思いつきの段階だ」

松宮はファイルを振り下ろし、加賀を睨んだ。

「所轄は一課の指示にしたがうんだろ? だったら、一課の人間に隠し事をするなよ」

「別に隠す気はないんだが」加賀は困惑したように無精髭(ぶしょうひげ)の伸びた頬を指先で掻き、肩をすくめた。「わかった。だけど、無駄足の可能性が高いぞ」

「大いに結構。無駄足をどれだけ踏んだかで捜査の結果が変わってくるって、ある人が教えてくれた」

隆正の言葉だ。加賀がどんな顔をするかと思い、松宮は表情を窺ったが、彼は何もいわずに歩きだした。

松宮が加賀の後をついていくと、銀杏公園に着いた。すでに立ち入り禁止は解除されていたが、公衆トイレの周辺にはまだロープが張られている。人気が全くないのは、夜だということもあるだろうが、事件のことがすでに知れ渡っているせいかもしれない。

加賀はロープをまたぎ、トイレに近づいていった。入り口の前で足を止めた。

「なぜ犯人は死体をこんな場所に捨てたんだろう」加賀が立ったまま訊いてきた。

「そりゃあ、夜の公園なら人目につきにくいし、朝まで死体が発見される心配もない。まあそんなところじゃないのかな」

「しかし人目につきにくい場所なら、ほかにいくらでもある。山中でなくても、たとえば隣接している新座市(にいざし)のほうへ行けば、しばらくは誰も足を踏み入れなさそうな草むらが、あちこちにある。そういうところへ捨てたほうが、死体の発見だって遅れるはずだ。なぜ犯人はそういうことを考えなかったのか」

「だからさっきもいったように、この町の人間の仕業だと思わせるためじゃないのか」

だが加賀は首を傾げた。「そうかな」

「違うというのか」

「犯人としては、そういうカムフラージュをするより、死体が見つかりにくくするほうがメリットが大きいはずだ。誘拐の可能性があるから、警察もすぐには表だって動けない」

「じゃあ恭さんは、なぜだと思うんだ。どうして犯人はこの場所を選んだのか？」

加賀はゆっくりと松宮のほうに顔を巡らせた。

「俺はね、犯人はやむをえずこの場所に捨てたんじゃないかと思うんだ」

「やむをえず？」

「そう。犯人にはほかに選択肢がなかった。もっと遠くに捨てに行きたかったが、その手段がなかったというわけだ」

「手段……車か」

「そういうことだ。犯人は車の運転ができない。もしくは車を持っていない」

「そうかな。それはないと思うけどな」

「どうして？」

「だって、車がなかったら今回の犯行は不可能だ。第一、どうやって死体を運んだんだ。抱えてここまで歩いてきたっていうのか。いくら子供だといっても、二十キロ以上あるんだぜ。それに死体は段ボール箱に入れられていた。かなりでかい箱だ。抱えて歩くのはかなり大変だ」

「その段ボール箱のことだが、死体には発泡スチロールの粒がついていたという話だったな」

「ああ、だから家電製品の空き箱を使ったんだろうとみられている」

「発泡スチロールの粒がついていたということは」加賀は人差し指を立てた。「犯人は段ボール箱に、直に死体を入れたということになる」

一瞬松宮は、加賀のいっている意味が理解できなかった。頭の中で光景を思い浮かべ、ようやく合点がいった。「そうだな」

「君は車を持っていたかな」

「持ってるよ。中古で買ったんだけどね」

「中古だろうが、大事なマイカーだ。さて君ならどうする。車で運ぼうとする時、段ボール箱に死体を直に入れたりするかな」

「別に問題はないと思うけどね」

「死体が濡れててもかい？」

「濡れて……？」

「被害者は首を絞められた時、排尿している。発見された時もスカートがぐっしょりと濡れていた。俺は鑑識よりも先に現場を見たから、よく覚えている。トイレの中だったから、臭いには気づかなかったけどね」

「そういえば、捜査資料に書いてあったような気がする」

「もう一度訊く。そういう死体でも直に段ボール箱に入れるかい？」

松宮は唇を舐めた。

「死体の尿が段ボール箱に浸みて車が汚れるのは、あまり歓迎できないな」

「汚れて臭くなる。おまけに死体の痕跡が残ってしまうことになる」

「死体をいったんビニールシートか何かで包んで、それから箱に入れる……だろうな」

「今回の犯人はそうしなかった。なぜか」

「車で運んだのではないから……か」

加賀は肩をすくめた。

「もちろん、必ずしも断言できるわけじゃない。犯人が雑な性格で、車が汚れることを気にしなかったのかもしれないからな。だけど俺は、その可能性は低いと思う」

「だけど車を使わないのなら、どうやって大きな段ボール箱を運んだんだ」

「問題はそこだ。君ならどうする？」

「さっきもいったように、抱えて運ぶのは大変だ。台車があれば便利だけど、夜中にそんなものを押していたら、それこそ目立ってしまう」

「同感だ。目立たず、台車と同様の働きを期待できるものといったら何だろう？」

「ベビーカー……いや、昔の乳母車ならともかく、最近のやつじゃ無理だな」

加賀はにやりと笑い、携帯電話を取り出した。それを操作して、松宮のほうに向けた。

「これを見てくれ」

松宮は携帯電話を受け取った。液晶画面には、カメラで撮影された地面らしきものが写っている。

「これは？」

「今、君が立っているあたりの地面を撮影したものだ。鑑識も撮ってると思うけど、一応俺も押さえておいた」

「これがどうしたんだ」

「よく見ると、何かを消したようにこすられているのがわかるだろ」

たしかに地面に何本かの太い筋が入っている。

「子供が地面に落書きしただけじゃないのか」

「だとすると今度は、犯人の痕跡がないことのほうが気になる。台車にせよ、台車に代わる何かにせよ、犯人はそれを使ってここまで運んできたはずなんだ。昨日は午前中まで雨が残っていたから、このあたりの地面は結構緩かったはずだ」

「じゃあもしかしたら、これがそうなのかもしれないな。でも消されてるんじゃ仕方がない」そういって松宮は携帯電話を加賀に返そうとした。

「よく見ろよ。消されている幅はどの程度だと思う？」

「幅？」もう一度画面を見た。「三十センチぐらいかな」

「俺もそう思う。三十センチだと、台車にしては小さすぎる」

「たしかに。するとこれは……」松宮は画面から顔を上げた。「自転車の跡か」

「おそらくね」加賀はいった。「しかも後ろに荷台がついているやつだ。最近の自転車はついていないタイプが多いからな。さらにいえば、あまり大きくない」

「どうして？」

「やってみればわかる。でかい段ボール箱を荷台に載せ、それを支えながらもう一方の手でハンドルを握ろうとしたら、あまり大きな自転車だと手が届かない」

その状況を松宮は思い浮かべた。加賀のいっていることは妥当性があるように感じられた。

「犯人の周辺に芝生を生やしたところがある。犯人は車の運転ができない、あるいは車を持っていない。そのかわりに荷台付きの自転車を持っている……か」そういいながら松宮は、その条件に合致する家に思い当たった。「それで前原か。たしかにあの家にはガレージも駐車スペースもなかった。自転車は……そういえば恭さん、あの家の自転車を見ていたな」

「荷台がついていた。あの自転車なら、大きな段ボール箱も運べる」

「なるほどね。でも……」

「なんだ」

「それだけで一軒の家に絞るっていうのは乱暴すぎやしないか。たとえば、家に車はあるけれど、犯人自身には運転ができなかったという可能性もあるわけだし」

松宮の言葉に加賀は頷いた。

「俺も、それだけであの家に目をつけたわけじゃない。もう一つ、引っかかることがある。手袋だ」

「手袋？」

「初動捜査の段階で、俺は一度あの家に行っている。春日井優菜の写真を見せて、目撃情報を集めていた時だ。その時、あそこの認知症の婆さんと会った。婆さんは庭にふらふらと出てきて、そこに落ちていた手袋を拾ってはめていた」

「どうしてそんなことを？」

加賀は肩をすくめた。

「認知症の患者の行動に論理的な説明をつけようとしても無駄だ。それより問題はその手袋だ。婆さんはその手袋を俺に見せてくれた。こんなふうにしてな」彼は松宮の顔の前で手を広げた。「その時、臭ったんだよ」

「えっ……」

「かすかに異臭がしたんだ。尿の臭いだった」

「被害者は尿を漏らしていた……その臭いだっていうのか」

「犬じゃないから、そんなことまではわからない。だけどその時俺は思ったんだよ。犯人が手袋をはめていたなら……いや、おそらくはめていただろう。素手で死体に触れると指紋が残ってしまうおそれがあるからな。だとすれば、その手袋は被害者の尿で汚れていたはずだってな。その後、発泡スチロールのことが判明したりして、今話したようなことを考えた。するとますますあの家のことが気になり始めたというわけだ」

松宮は前原という家のことを思い出した。どこにでもありそうな平凡な家だった。前原昭夫という世帯主からも、犯罪の気配は感じなかった。強いていえば認知症の母親が暴れるので困っているという話が印象に残っている程度だ。

松宮はファイルを開け、前原家に関する資料を調べた。

「四十七歳の会社員、その妻、中学生の息子、それから認知症の婆さん……。この中の誰かが犯人だというのかい。するとほかの家族は、そのことを知らないわけか。家族に知られずに、今度の犯行は可能かな」

「いや、不可能だろう」加賀は即座に答えた。「だからもしあの家の誰かが犯人なら、ほかの者は犯行隠蔽の手伝いをしたと考えられる。そもそも今回の事件は、少なくとも二人以上の人間が犯行に関わっていると俺は見ている」

断定する口調に松宮は、加賀の目を見返した。それに応じるように加賀は懐から何かを出してきた。一枚の写真だった。

松宮はそれを受け取った。それは被害者の足を撮影した写真だった。両足とも運動靴が履かされた状態だ。

「これが何か？」松宮が訊いた。

「靴紐の結び方だ」加賀はいった。「よく見ると両足の結び方が微妙に違っている。どちらも蝶結びだが、紐の位置関係が逆になっているんだ。しかも一方がきっちりと縛ってあるのに比べて、もう一方はずいぶんと緩めだ。ふつう、同じ人間が靴紐を結んだ場合、左右で結び方が異なるということはあまりない」

「そういわれれば……」松宮は顔を近づけ、写真を凝視した。たしかに加賀のいうとおりだった。

「鑑識の報告では、靴は一度両方とも脱がされた形跡があるということだったな。どういう理由でかは不明だが、右と左で別の人間が紐を縛ったと考えるべきじゃないかな」

松宮は思わず唸った。

「家族ぐるみの犯行、というわけか」

「殺人は単独犯でも、隠蔽に家族が協力したことは十分にありうる」

松宮は写真を返しながら加賀の顔を改めてしげしげと眺めた。

「なんだ？」加賀が怪訝そうに訊いた。

「いや、何でもない」

「というわけで、これから前原家について少し聞き込みをしておこうと思ったわけだ」

「付き合うよ、俺も」

「捜査一課さんの賛同を得られて、俺もほっとした」

歩きだした加賀の後を追いながら、さすがだな、と松宮は思った。

17

前原家の向かい側に、太田という家があった。白くて新しい家だった。庭に芝生はなかった。インターホンのチャイムを鳴らし、松宮が名乗った。玄関に出てきたのは三十代半ばぐらいの主婦だった。

きりだした。

「向かいの前原さんについて、ちょっとお尋ねしたいことがあるんです」松宮はそう

「何ですか」

主婦は怪訝そうな顔をしながらも、その目に好奇の色を滲ませていた。話を引き出しやすそうだ、と松宮は思った。

「最近、何か変わったことはありませんでしたか。ここ二、三日のことで結構なんですが」

松宮の質問に主婦は首を傾げた。

「そういえば、最近はあまりお見かけしてませんね。以前は奥さんとお話しすることもあったんですけど。あのう、例の女の子の死体が見つかった事件のことですか?」

早速、逆に質問してきた。

松宮は苦笑して手を振った。

「詳しいことは申し上げられないんです。すみません。ええと、前原さんの御主人のことは御存じですか」

「ええ、何度か御挨拶を交わしましたけど」

「どういった方ですか」

「そうですねえ……おとなしい人ですよ。奥さんが積極的で勝ち気な方だから、そう

見えてしまうのかもしれませんけど」

「息子さんがいますよね、中学生の」

「直巳君ですよね。ええ、知っています」

「どんなお子さんですか」

「まあ、ふつうの男の子ですよ。あまり活発ってことはないみたいですね。小学生の時から知ってますけど、外で遊んでいるところは見たことがないんじゃないかしら。このあたりの子供は、うちの前でボール遊びなんかをして、一度はうちの庭にボールを入れたりするんですけど、直巳君はそんなことはなかったと思います」

どうやら彼女は前原直巳について、最近の情報は持っていないようだ。

あまり参考になる話は聞けそうにないので、そろそろきりあげようかなと松宮が考えていると、「あそこのお宅も大変ですよね」と彼女のほうからいった。

「何がですか」

「だってほら、お婆さんがあんなふうでしょ」

「ああ……」

「以前も奥さんがこぼしておられたことがあるんですよ。本人のためにも、どこか施設に入れたほうがいいんだけど、そういうところはなかなか空きがないし、あったとしても御主人や御主人の親戚筋がいい顔をしないだろうって。ほんとにねえ、急にですもんねえ。痴呆、じゃなくて認知症でしたっけ。以前はあそこのお婆さんも、しっかりした人だったんですけどねえ。息子さんたちと一緒に暮らすようになってからなんですよ。あんなふうになったのは」

周囲の環境が変わったことがきっかけで認知症が進んだケースについては、松宮も聞いたことがあった。変化に気持ちが対応できなくなるのかもしれない。

「でもねえ」ここで主婦はかすかに意味ありげな笑みを浮かべた。「そりゃあ奥さんはお困りだと思うんですけど、認知症のお年寄りを抱えているお宅はたくさんあるわけでしょう？　そういうほかのお宅に比べたら、前原さんのところはまだましだと思うんですよ」

「といいますと？」

「だって、毎晩のように御主人の妹さんが来てくださるんですもの。お婆さんのお世話をするためだけにですよ。妹さんこそ大変だろうなあって思います」

「前原さんの妹さんが？　近くにおられるんですか」

「ええ、駅前で洋品店をやっておられます。店の名は、『タジマ』とかいったと思いますけど」

「金曜の夜はどうでしたか」今まで黙っていた加賀が、急に横から尋ねた。「その夜もやはり妹さんは来ておられたようでしたか」

「金曜ですか。さあ、それは……」主婦は考え込んでから首を振った。「そこまではわかりません」

「そうですか」加賀は笑顔で頷いた。

「あっ、でも、そういえば」主婦がいった。「ここ二日ほどは来ておられないかもしれません。あそこの妹さんは、いつも車でいらっしゃるんです。といっても小さい車ですけどね。家の前に止めてあるのをしょっちゅう見ます。でも昨日とか今日とかは、止まってなかったような気がします」

「車がねえ。そうですか……」加賀はやはり笑みを浮かべていたが、明らかに考えを巡らせている様子だった。

この主婦から聞き出せそうなことはほかにはなさそうだった。それで松宮は、「お忙しいところ、どうも――」ありがとうございました、と続けようとした。

ところがその前に加賀がいった。「田中さんについてはいかがですか」

「えっ、田中さん？」

主婦は虚をつかれたようだが、松宮も当惑していた。田中とは誰のことだ。

「はす向かいの田中さんです」加賀は前原家の左隣の家を指差した。「あちらのお宅について、最近何かお気づきになったことはありませんか。どんな些細なことでも結構です。たしかあちらの御主人は、以前町内会長をされていたようですが」

「ええ、私たちが引っ越してきた時も、御挨拶に伺いました。ずいぶん昔のことですけど」

加賀は田中という家について二、三の質問をした後、周辺のいくつかの家についても同様のことを尋ねた。主婦は徐々にうんざりとした表情になっていった。

「どうしてほかの家のことも訊いたんだ？」主婦の家を辞去した後、松宮は訊いた。

「大して意味があるようには思えなかったんだけど」

「そのとおりだ。意味はない」加賀はあっさりと答えた。

「えっ、じゃあ、何のために……」

すると加賀は立ち止まり、松宮を見た。

「前原家が事件に関わっているという確証は今のところ何もない。空想に近い推理の上での話だ。もしかしたら俺たちは、何の罪もない人々について聞き込みをしているのかもしれない。そのことを考えれば、彼等が不利益を被らないよう最大限の努力をするのは当然のことじゃないのか」

「不利益って？」

「俺たちが聞き込みをしたことで、さっきの主婦の前原家に対する印象は確実に変わった。あの好奇心に満ちた目を見ただろ。聞き込みについて彼女が想像を交えて他人にいいふらさないとは誰にもいいきれない。噂は噂を呼び、前原家を取り囲んでいく。仮に犯人が別にいて、そいつが捕まったとしても、一度広まった噂はなかなか消えないものだ。いくら捜査のためとはいえ、そういう被害者を出してはいけないと俺は考えている」

「それで無関係な家のことも……」

「ああいうふうに質問したことで、あの主婦にとって前原家だけが特別な存在ではなくなったはずだ。自分の家のことも、よそで聞き込みされているのかもしれない、とまで考えるんじゃないか」

松宮は目を伏せた。

「そんなことまで考えたことがなかったな」

「俺のやり方だ。真似をしろということじゃない。それはともかく」加賀は首を巡らせ、視線を前原家に向けた。「妹が来ていない、というのが気になるな」

「婆さんの世話をしているという妹だね」

「さっき俺たちが行った時、婆さんが暴れていると前原昭夫はいっていた。もし世話係がいるのなら、呼ぶのがふつうじゃないか。なぜ呼ばなかったのか」

「妹が留守だったとか」

「たしかめてみよう」

タクシーを拾い、駅前で降りた。洋品店の『タジマ』は、バス通りから折れてすぐのところにあった。主婦を対象にしていると思われる婦人服やアクセサリー、化粧品などが売られている。店の奥で四十歳ぐらいの女性が、立ったまま電卓を叩いていた。松宮たちが入っていくと、「いらっしゃいませ」と振り返りながらも戸惑った表情を見せた。男性が二人で入ってくることは殆どないからだろう。

松宮が警察手帳を見せると、彼女の顔はさらに強張った。

「こちらに前原昭夫さんの妹さんがいらっしゃると聞いたのですが」

「あたしですけど」

「あ、どうも。失礼ですけど、お名前は？」

田島春美です、と彼女は名乗った。

「前原さんの家に、おかあさんがいらっしゃいますよね。前原政恵さん」

「母が何か？」田島春美の目が不安そうに揺れた。

松宮は、最近も母親の世話をしに行っているかどうかを確認してみた。するとやはり、ここ二日間は行っていないという答えが返ってきた。

「さっきも行ったんですけど、ここのところ母の体調がよさそうだし、おとなしくしているようだから、今日も必要ないといわれたんです」

「体調がいい？　えっ、でも——」

暴れて困っている、と前原昭夫が話していたことをいおうとした。だがそんな松宮の脇腹を加賀が小突いてきた。松宮は驚いて彼を見た。

加賀は素知らぬ顔で田島春美に質問した。「そういうことはよくあるんですか」

彼女は首を捻った。

「いいえ、今まで一度もありません。……あのう、これは何についての調査なんでしょうか。兄の家で何かあったんですか」

「銀杏公園で女の子の死体が見つかった事件について御存じでしょうか」加賀はいった。

「あの事件について？」田島春美は目を見張った。

加賀は頷いた。

「犯人が車を使った可能性もあるということで、付近の不審車両について調べているんです。それで前原さんのお宅の前に、いつも駐車している車があるという話を聞きまして、少しお話を伺いたいと思ったわけです」

「あたしの車です。すみません。ほかに止めるところがないものですから」

「いえ、今日のところはそれはいいです。それにしても大変でしょうね。おかあさんの世話をするために毎日通うというのは」

「それほどでもないんですよ。あたしもいい気分転換になりますし」田島春美は笑った。瞼が分厚いので、目が糸のように細くなる。

「でも、ああいう病気の方の扱いは、いろいろと難しいというじゃないですか。機嫌を損ねて暴れたりするような人もいると聞きますが」世間話の調子で加賀はいう。

「そういう人もいるんでしょうけど、うちの母は大丈夫です。それに、年寄りの世話はやっぱり肉親がするのが一番ですから」

「なるほど」

加賀は頷き、松宮に目配せした。どうもありがとうございました、と松宮は田島春美に頭を下げた。

「小林主任に報告したほうがいい」店を出てすぐに加賀がいった。

「いわれなくても、そのつもりだ」松宮はそういって携帯電話を取り出した。

18

インターホンのチャイムが鳴った。今日はこれで四度目だ。そのうち二回が刑事の訪問だった。

そして今回も彼等だった。インターホンに出た昭夫は、暗い気持ちで応対し、受話器を置いた。

「また刑事?」八重子が緊張を露わにした顔で訊いた。

そうだ、と彼は答えた。

「じゃあ、さっき打ち合わせた通りにやるの？」

「まあ待て。まだ連中の目的がわからんからな。どうにもならないと思った時には俺がきりだす。そうしたら、後は決めた通りに、な」

八重子は頷かない。祈るように胸の前で両手を組んでいる。

「なんだ、どうした」

「いえ……うまくいくかしらと思って」

「今さら何をいってるんだ。やるしかないだろう」

八重子は震えるように首を縦に動かし、そうね、と小声で答えた。

昭夫は玄関に回った。ドアを開けると、そこに立っていたのは例の二人だった。加賀と松宮だ。

「申し訳ありません。何度も何度も」松宮が恐縮したようにいった。

「今度は一体何ですか」

「じつは被害者となった女の子の足取りを調べていまして、この付近にやってきたのではないかという説が出ているんです」

松宮の話に昭夫の体温は上昇した。そのくせ背筋はぞくりとした。

それで、と彼は訊いた。

うかをです」松宮は写真を出してきた。あの少女の写真だった。

「そのことなら、今朝、そちらの刑事さんにお答えしたはずですけど」昭夫は加賀のほうを見ていった。

「あの時は、御主人から伺っただけですよね」加賀がいった。「御家族の方にも確認したいんです」

「女房には確認したはずですが」

「ええ。でも、中学三年になる息子さんがいらっしゃいますよね」

いきなり直巳のことをいわれ、昭夫の心はぐらついた。警察というものは各家庭の家族構成まで把握しているのだ、ということを知った。

「息子は何も知らないと思います」

「そうかもしれませんが、一応念のために」

お願いします、と横で松宮もいった。

「じゃあ、写真を貸していただけますか。ちょっと訊いてきます」

「そのついでにですね」松宮が写真を差し出しながらいった。「昨日、御家族の方々がいつ家にいらっしゃったか、出来るだけ詳しく訊いていただきたいのですが」

「何のためにですか」

「じつは殺された女の子が、芝生の上を歩いた可能性があるんです。昼間、芝生を採取させていただいたのも、どこの芝生かを特定するためでした」

「うちの芝生だというんですか」

「いえ、それはまだわかりません。ただ、もし女の子が勝手にこちらの庭に入ったのだとしたら、お宅が留守の時ということになります。ですから、そういう時間帯があったかどうかを確認させていただきたいんです」

「すみません。前原さんだけでなく、ほかのお宅にも伺っていることなんです」加賀が愛想笑いを送ってきた。

本当にそうなのか、うちにだけ訊きにきたのではないのか——昭夫は疑ったが、それをしつこく詰問するとかえって怪しまれそうだった。写真を受け取り、いったん家の中に戻った。

「何よ、それ。どういうこと？」話を聞いた八重子は顔を青ざめさせた。

「わからん。とにかく誰がいつ家にいたかを教えてくれってことだ」

「それって、アリバイ確認じゃないの？」

「そうかもしれないと俺も思ったよ。だけど、家にいた時間なんて関係ないんじゃないか」

「刑事、うちを疑ってる様子なの？」

「そんなふうにも思えるし、考えすぎのようにも思える」

「で、どうするの？　何と答えるの？」

「それを考えているところだ」

「直巳には疑いがかからないようにしてよ。あの子は学校から帰って、そのままずっと家にいたってことにすれば？」

昭夫はしばらく考えた後、八重子を見て顔を横に振った。

「それはまずいかもしれない」

「どうしてよ」

「後々のことを考えてるんだ。例のことをやらなきゃいけないかもしれないだろ」

「だったらどうなの？」

「もうこの段階から布石を打っておかなきゃいけないってことだ」

昭夫は写真を手に玄関に戻った。ドアの外では二人の刑事が、さっきと同じ姿勢で待っていた。

いかがでしたか、と加賀が訊いてきた。

「息子も、この女の子には見覚えがないといっています」

「そうですか。では、昨日の皆さんの帰宅時間等について教えていただけますか」

「私が帰ったのは七時半頃です」

「失礼ですが、会社はどちらでしょうか」加賀はメモを取る格好をした。

昭夫は会社が茅場町にあること、定時が五時半で、昨日は六時半頃まで会社にいたことなどを話した。

「お一人で？」

「仕事は一人でしていましたが、まだ残っている社員はほかにもいました」

「同じ職場の方ですか」

「うちの課の人間もいましたが、よその部署の者もいました。ひとつのフロアを共有しているものですから」

「なるほど。すみませんが、その人たちのお名前と職場を教えていただけませんか」

加賀はあくまでも低姿勢を装っている。

「私は嘘なんかついていません」

「いやいや」加賀はあわてた様子で手を振った。「そういう意味ではないんです。これは警察の手続き上のことです。ご本人の話を聞いて、それを別の方向から確認する。それでようやく我々も仕事をしたことになるんです。いやもう、お役所仕事と馬鹿にしてくださって結構です」

昭夫は吐息をついた。

「たしかめてくださって結構です。隣の職場の山本という者が残っていました。あとそれからうちの者が二人ほど」それらの名前と職場を昭夫は刑事に教えた。

彼は確信した。刑事たちは間違いなく前原家の人間のアリバイを調べている。やはり芝生が決め手になっているのかもしれない。

昭夫のアリバイは証明されるだろう。しかしそれは前原家にとっては何のプラスにもならない。単に容疑者が絞られるだけのことだ。

彼等の捜査は今後、熾烈をきわめるものになるだろう。その場しのぎの嘘など通用しない。彼等が本気になって取り調べをすれば、直巳などは簡単に真実を吐露しそうだ。

「奥さんは？」加賀の質問は続く。

「パートに出ていて、帰ったのは六時頃だそうです。パート先は——」

昭夫の言葉をメモしてから、加賀はさもついでにといった様子で、「息子さんは？」と訊いてきた。

いよいよ来た、と昭夫は腹に力を込めた。

「学校を出た後、あちこちほっつき歩いていたそうです。家に帰ってきたのは八時過ぎだったと思います」

「八時過ぎ？　中学生にしてはずいぶんと遅いですね」

「いやあ、全くそのとおりです。叱っておきます」

「息子さんはお一人だったんでしょうか」

「そのようです。はっきりしたことをいわんのですが、どうせゲームセンターか何かでしょう」

加賀は釈然としない様子で手元のメモを見ていたが、顔を上げると再び笑みを浮かべた。

「あの例のお婆さんは？」

「婆さんは」昭夫はいった。「昨日は風邪気味で、ずっと寝ていました。それにあの調子ですからね、勝手に庭に入る人間がいたとしても、どうにもならんでしょう」

「風邪……ですか。今日はそんなふうには見えませんでしたが」

「一昨日の夜、かなり高い熱が出たんです」

「そうですか」

「ほかには何か？」

「いえ、これで結構です。どうも夜分に申し訳ありませんでした」

二人の刑事の姿が見えなくなるのを確認し、昭夫は門扉を閉めた。

ダイニングルームに戻ると、八重子が電話に出ているところだった。彼女は受話器を押さえて昭夫を見た。「春美さんからよ」

「何の用だ」

「訊きたいことがあるって……」

いやな予感を抱きつつ、彼は電話に出た。「俺だ」

「ああ、春美だけど」

「なんだ」

「さっき、うちに警察の人が来たのよ。それで、おかあさんのことを訊かれたんだけど」

どきりとした。ついに春美のところにまで警察の手は及んでいる。

「お袋のことって……」

「ていうか、昨日と今日、あたしが兄さんの家に行ってないことについてよ。どうしてですかと訊かれたから、兄から来なくていいといわれたからですって答えたんだけど、それでよかったのよねえ」

「うん、それはそれでいい」

「なんか、あたしがいつも路上駐車しているものだから、不審車両のように思われたみたい」

「うちにも何回か刑事が来た。どうやら町内中を当たっているそうだ」

「そうなの。なんだかいやあねえ。ところで、おかあさんの具合はどうなの？　さっきのサンドウィッチ、おかあさんにちゃんとあげたでしょうね」

「大丈夫だ。心配するな」

「じゃあ、何かあったら連絡して」

「わかった」

電話を切った後、昭夫はがっくりと首を折った。

「あなた……」八重子が呼びかけてきた。

「もうほかに方法はない」彼はいった。「覚悟を決めよう」

19

松宮が加賀と共に警察署を出たのは、間もなく午後十一時になろうかという頃だった。彼は泊まり込む気でいたが、今日はそこまでしなくていいと小林にいわれた。最初から飛ばしすぎると続かないぞ、というのが主任のアドバイスだった。

「恭さんはこれからどうするんだ？」松宮は訊いた。

「真っ直ぐ帰る。明日に備えておきたいからな。どうして？」

「いや、あの……三十分ほど付き合ってくれないかと思ってさ」

「どこへ行く気だ」

松宮はためらった後で答えた。「上野だ」

加賀の目元が険しく曇った。

「そういうことなら、俺は遠慮しておこう」

「遠慮って……」

「明日、遅れるなよ。大事な一日になる」

背を向けて歩きだす加賀を見送り、松宮は首を振った。

前原家のことは、署に戻って小林や石垣に話した。石垣の最初の感想は、「相変わらず大胆な推理だな、加賀君」というものだった。報告をしたのは松宮だったが、誰が前原家に注目したのか、上司にはわかっていたようだ。

その上で石垣は、「しかし弱いな」といった。

「一つ一つの話は面白いし、説得力もある。段ボール箱に直接死体を入れたのは犯人が車を使わなかったからだろう、という点なんかも興味深い。だが全体として考えるとどうかな。それでは家宅捜索も難しい」

特に、と係長は続けた。

「犯人に車という手段がないとすれば、大きな疑問が一つ発生することになる」

わかっています、と答えたのは加賀だった。

「犯人が被害者をどうやって家に連れ込んだか、ですね」

「そうだ。この手の犯罪では、車に乗った犯人が強引に被害者を拉致するというケースが圧倒的に多い。甘言を用いて、最初の短時間は一緒に歩くなりしたとしても、最終的には必ずといっていいほど車を使う。被害者に逃げられたくないわけだから、当然そうなる。もちろん車を使わない例もあるが、その場合は死体遺棄現場がそのまま殺害現場となっている。元々人気のないところに誘い出して犯行に及んでいるわけだから、改めて死体を捨てに行く必要がないわけだ。君たちの推理では、犯人は車を使わずに自分の自宅なりアジトに被害者を誘導し、そこで殺害したことになる。なぜ犯人はそんなことをしたんだ。殺害すれば死体の処置に困る。当初は殺す気はなくても、何らかの悪戯はする気だったわけだろう？　そのことを被害者が親にいえば、たちまち逮捕されることになるんだぞ」

　さすがに石垣の分析は冷静で論理的なものだった。だがそれに対しても加賀は自分の考えを持っていた。

　犯人と被害者は以前から顔見知りだったのではないか、というのだった。

「自分は、被害者が一旦帰宅していながら、母親に無断で外出した点が気になります。これまでの調べで、その外出の目的は明らかになっていませんが、犯人と接触するつもりだったと考えたらどうでしょうか。それならば被害者が犯人の元へ行くことにもさほど抵抗は覚えなかったはずです。また犯人側に、少々悪戯めいたことをしても被害者にはさほど騒がれないだろう、という甘い見通しがあったことも考えられます」

加賀の説明に、石垣は首を捻りながらもこういった。

「わかった。では明日、君たちはもう一度被害者の両親のところへ行ってくれ。そういう人間がいなかったかどうか、徹底的に調べるんだ。そこで前原家に繋がるものが出てきたなら、こっちはすぐに動こう」

係長の指示を受け、はい、と松宮は力強く答えたのだった。

加賀恭一郎（きょういちろう）という刑事はやはりすごい、と彼は改めて思い知った気分だった。たった一日一緒に行動しただけだが、その洞察力には舌を巻かされた。小林が、必ずいい経験になる、といった意味もわかった。

それだけに、加賀と組んで捜査に当たっていることを隆正に話せば、どれほど喜ぶだろうと思った。彼のすごさを一刻も早く伝えたかった。無論、彼が一緒に来てくれれば理想的だったが。

上野には隆正が入院している病院があるのだ。

病院に着いた時には午後十一時半を過ぎていた。松宮は夜間用出入り口から中に入った。何度も顔を合わせたことのある警備員が、入ってすぐのところにある詰め所にいた。彼が会釈してみせると、中年の警備員は黙って頷いてきた。

照明の絞られた廊下を歩き、エレベータに乗った。五階で降り、まずはナースステーションに向かった。金森登紀子が、何か書き物をしているところだった。彼女は制服の上から紺のカーディガンを羽織っていた。

「あのう、見舞ってもいいですか」窓越しに訊いてみた。

金森登紀子は笑顔を見せた後、少し迷った表情になった。

「おやすみ中だと思いますけど」

「いいんです。顔を見たら、すぐに帰ります」

彼女は頷いた。

「じゃあ、どうぞ」

松宮は頭を下げ、その場を離れた。隆正の病室に向かった。廊下に人気はない。彼の足音だけがやけに響いた。

隆正はやはり眠っていた。耳をすませると、かすかに寝息が聞こえてくる。それを確認し、松宮はほっとした。ベッドの横までパイプ椅子を移動させ、腰掛けた。鳥のように痩せた隆正の首が、規則正しく微動しているのを見つめた。

傍(かたわ)らの小さなテーブルには、相変わらず将棋盤が載っていた。薄暗いので、戦況がどう変わったのか、よくわからなかった。もっとも明るかったところで同じことかもしれない。松宮は将棋が出来なかった。

当分来られないかもしれない、と思った。明日から捜査はますます本格的なものとなるだろう。練馬署で寝泊まりすることも覚悟しなければならない。

今度の事件が終わるまでは保ってほしい、と松宮は願った。彼でさえ来られるかどうかわからないのだ。見舞いに消極的な加賀が、事件終了までにここへ来るとはとても思えなかった。

隆正の穏やかな寝顔を眺めながら、松宮は十年以上も前のことを思い出していた。七月の、暑い日だった。彼は高校一年だった。その日、彼にとっては従兄にあたる人物――加賀恭一郎と初めて会った。

彼のことは克子から聞かされてはいた。しかしそれまで会う機会がなかった。三鷹で独り暮らしをしていた隆正の家へ克子と一緒に遊びに行った時、たまたま彼が現れたのだ。当時彼は荻窪のアパートにいるという話だった。

「よろしく」

紹介された時に加賀が発したのは、その一言だけだった。用を済ませると、さっさと出ていってしまった。すでに警察官になっていたから、きっと忙しいのだろうと松宮は解釈した。しかし加賀父子が殆ど言葉を交わそうとしないことや、お互いの顔を見ようとさえしないことは気になった。

それ以後、松宮はこの歳の離れた従兄と会うことはめったになかった。久しぶりに会ったのは、隆正が引っ越しをした時だった。それまで住んでいた借家が老朽化したため、同じ家主が経営するアパートに移ることになったのだ。

引っ越しには松宮も克子と共に手伝いに行った。その時に見つけたトロフィーの数に松宮は驚いた。いずれも加賀が剣道で獲得したものだった。全日本選手権の優勝トロフィーまであった。

「恭さんはとにかくすごいの。勉強だってよく出来たし、警察官になってからも、いろいろと手柄を立てているし」

克子は加賀のことになると饒舌（じょうぜつ）になった。隆正の機嫌をとる意味もあったのだろうが、彼女自身が誇りに思っていることは、その熱い口調から窺えた。

手分けして荷物を段ボール箱に詰めていると、加賀がやってきた。ちょうど隆正が外出している時だった。もしかしたらわざと父親のいない時に来たのかもしれなかった。彼は松宮たちのところに来て、頭を下げた。

「すみません、叔母さん。御面倒をおかけして。脩平君も、どうも申し訳ない」

「そんな、いいのよ。いつもこっちがお世話になってるんだし」

加賀は舌打ちした。

「こんなこと、業者に頼めばいいのにな。叔母さんや脩平君に甘えてどうするんだ」

この言葉は隆正に向けられたもののようだった。

「それより恭さん、これはどうしたらいいのかしら。恭さんの部屋に送ったほうがいいのかしらねえ」話題をそらすように克子が訊いたのは、たくさんのトロフィーのことだった。

加賀は首を振った。

「それはもう不要です。処分してくれって、引っ越し屋にいえばいいです」

「捨てるの？　えっ、だって、お父さんは大切に保管してたみたいよ。じゃあ、やっぱりお父さんのアパートに持っていくわね」

「いいんです。邪魔になるだけだし」

加賀はトロフィーの入った段ボール箱を引き寄せると、そばにあったマジックを取り、箱の表に大きく、『処分』と書いた。

その後も彼は次々と荷物を箱に詰めては、すべてを『処分』扱いにしていった。どうやら彼がやってきた目的は、自分の荷物をその家から、つまりは隆正のもとからすべてなくしてしまうことにあったようだ。

彼が帰った後、隆正が戻ってきた。これもまたお互いが承知しているように松宮には感じられた。

隆正は『処分』と大書された箱に気づいたようだが、それについては何もいわなかった。加賀が来たことを克子が教えても、そうか、と短く答えただけだった。

自分たちのアパートに戻ってから、松宮は克子に加賀父子のことを尋ねた。二人は喧嘩でもしているのか、という意味のことだった。

「どの家でも、いろいろとあるのよ」その時の克子はそういっただけだ。何か事情を知っているらしいと察したが、松宮はあまり問い詰めなかった。尊敬する隆正に秘密めいたものがあるのだとしても、それを知るのが何となく怖かったのだ。

それ以後またしばらく、松宮は加賀と会う機会をなくした。その次に会ったのは、大学生の時だった。場所は病院だった。隆正が倒れたという知らせを受け、克子と共に駆けつけたのだ。知らせてくれたのは、隆正が懇意にしている近所の将棋仲間だった。その日も将棋を指す約束をしていたが、いつまで経っても隆正が現れないので部屋まで見に行ったところ、台所でうずくまっていたというのだ。

狭心症だった。病院で治療を待つ間、松宮はじっとしていられなかった。処置室に入っていき、隆正に声をかけたかった。

そこへ加賀もやってきた。狭心症らしいと克子がいうと、彼は大きく頷いた。

「それならよかった。心筋梗塞だと危ないかなと思っていたんです。たぶん問題ないから、叔母さんも脩平君も、どうか気をつけて帰ってください」

あまりに落ち着いているので、松宮はたまらずにいった。

「恭さん、心配じゃないの？」

すると加賀は真っ直ぐに彼を見た。

「心筋梗塞ならいろいろと考えなきゃいけないと思ってたよ。でも狭心症なら大丈夫だ。薬だけでかなり改善されると思う」

「そうはいっても――」

ちょうどその時看護師がやってきて、処置が済んだことを告げた。薬剤だけで胸の痛みはなくなり、かなり症状もよくなったという。

隆正に会えるということなので、松宮は克子と共に病室に向かった。ところが加賀はついて来ない。医師の説明を聞いておきたいから、と彼はいった。

病室に行ってみると、たしかに隆正は元気そうだった。顔色はよくなかったが、辛そうな表情はしていなかった。

「前々から、たまに胸が痛むことはあったんだ。もっと早くに診てもらっておけばよかったよ」そういって笑った。

加賀が来ていることを克子がいわないので、松宮も黙っていた。どうせすぐに現れるだろうから、いう必要がないのだろうと思っていた。

ところが結局、加賀は病室に来なかった。後で看護師に尋ねてみると、担当医師から説明を受けた後は、そのまま帰ったようだという。

さすがに松宮は憤った。克子相手に当たり散らした。

「いくらなんでもひどいじゃないか。どうして伯父さんの顔も見ないで帰っちゃうんだ」

「恭さんは仕事の合間に来たのよ。だからすぐに戻らなきゃいけなかったんでしょ」

克子はとりなすようにいった。

「それにしたって、声もかけないなんてどういうことだよ。実の息子なのにさ」

「だからいろいろあるんだって」

「何だよ、いろいろって」

怒りのおさまらない松宮に克子は重い口を開いた。それは隆正の妻に関することだった。

息子がいるのだから、当然隆正は結婚していたことになる。その相手とは死別したのだろうと松宮は解釈していたが、克子によれば、彼の妻は二十年以上も前に家出したのだという。

「書き置きがあったから、事故に遭ったとか誘拐されたとかでないことはたしかだったの。ほかに男を作って逃げたんだろうっていう噂が流れたけど、本当のところはわからない。伯父さんが仕事でずっと家を留守にしている間だったし、小学生だった恭さんは、通っていた道場の夏稽古とかで信州のほうに行ってた」

「伯父さんは探さなかったのか」

「探したと思うけど、詳しいことは私も聞いてない。それからよ、あそこの父子の仲が何となくぎくしゃくし始めたのは。恭さんは何もいわないけど、おかあさんが家出した理由は伯父さんにあると考えているみたいね。家庭のことを全然顧(かえり)みない人だったから」

「伯父さんが？　でも俺たちにはあんなによくしてくれたのに」

「あの頃にはもう警察をやめていたからね。それに伯父さんとしては、自分が夫や父親として満足なことを出来なかったから、その懺悔(ざんげ)の気持ちもあったのかもしれない」

思いもかけない話だった。それを聞いてはじめて、加賀父子の不自然な態度について合点がいった。しかし松宮としては、やはり隆正の肩をもたずにはいられない。母親が家出をしたぐらいのことがなんだ、という気持ちになる。

「奥さんは結局見つからなかったのか」松宮は訊いた。

克子は少し逡巡を見せた後、重そうに口を開いた。

「五、六年前に、知らせがあったわ。奥さん、亡くなってたの。仙台で独り暮らしをしていたんだって。恭さんが遺骨を取りにいったそうよ」

「恭さんが？　伯父さんは？」

「よく知らないけど、恭さんが自分一人で行くといい張ったみたいよ。あれ以来、ますます父子仲が悪くなったように感じる」

「奥さんはどうして亡くなったんだ」

「病気だと聞いたけど、詳しいことは知らない。恭さんが話してくれないし、こっちからは訊きにくいし」

「でも、伯父さんのせいじゃないだろ」

「それはそうだろうけど、恭さんも割り切りにくいところがあるんじゃないかしら。でも父子なんだから、いつかきっとわかりあえる時が来るわよ」

克子の言葉は、松宮にはずいぶんと楽観的に聞こえた。

隆正の容態はその後順調に快方に向かい、それから間もなく退院した。定期的に病院に行く必要はあったが、元の生活に戻るのに不都合はなかった。

松宮は大学に通いながらも、こまめに会いに行った。学業や進路について相談することも多かった。隆正は彼にとって父親も同然だった。警察官への道を決めた時も、真っ先に報告しに行った。

隆正は日当たりのいい窓際に座り、将棋を指していた。いわゆる詰め将棋というやつなのだろう。松宮は将棋のルールさえ知らない。

彼は伯父の酒の相手をしながら、将来の夢を語った。隆正は甥が自分と同じ道を選んでくれたことが嬉しいらしく、目を細め、頷きながら聞いていた。

隆正の部屋はきちんと片付けられていたが、悪くいえば殺風景で地味だった。松宮がいる間、一度も電話は鳴らなかった。訪ねてくる人もいなかった。

「最近は近所の人と将棋を指さないのかい」部屋の隅に置かれた将棋盤を見ながら松宮は訊いた。

「そうだな、最近は指してないな。みんな、何かと忙しいようだ」

「俺、将棋を覚えようかな。そうしたら、伯父さんの相手が出来るしさ」

松宮がいうと隆正は顔の前で手を振った。

「やめておけ。そんなものを覚える暇があればパソコンでもいじったほうがいい。そのほうがよっぽどためになる。今は警察官もコンピュータに強くないと話にならんそうだからな。わしは別に相手がほしいわけではない」

そういわれると、教えてくれ、ともいえないのだった。また、どこかで習ってきたとしても、隆正はいい顔をしないだろう。

だが年々皺が増え、鍛(きた)え上げたはずの身体がやせ細っていく姿を見るたびに、松宮は何ともいえない焦りを覚えた。この恩人を孤独な老人にしてはならないと思った。

加賀があてにならないのなら、自分が面倒を見よう——松宮がそう心に決めた時だった。隆正が再び倒れた。たまたま様子を見に行った克子が、高熱を出して寝込んでいる彼を見つけたのだ。風邪だろうと本人はいったが、克子にはとてもそうは見えなかった。彼女は救急車を呼んだ。

後からあわてて駆けつけた松宮は、その場で医師から癌のことを知らされた。元は胆嚢癌が拡大し、肝臓や十二指腸にまで達しているということだった。高熱が出た直接の原因は胆管が炎症を起こしたためだろう、と説明された。癌の進行具合は四段階中の四番目で手術はもはや不可能だと、同時に宣告された。心臓病の影響で、身体が弱っていたことも災いした。

このことは当然、克子によって加賀にも伝えられた。だが驚いたことに、それでも彼は見舞いにこようとはしなかった。そのくせ入院費は自分が負担するとか、世話をしてくれる人を雇ってもいい、という意味のことは克子にいったらしい。

加賀の考えていることが、松宮にはどうしてもわからなかった。過去にどんな確執があったにせよ、親の最期ぐらいは看取りたいというのが子供の本能ではないのか。

そんなことをぼんやりと考えていると、不意に隆正が息を荒くした。それが間もなく咳に変わったので、松宮はあわてた。看護師を呼ぼうかと、枕元のスイッチに手を伸ばしかけた時、隆正がうっすらと目を開けた。それと同時に咳もおさまった。

ああ、と隆正は弱々しく声を漏らした。

「大丈夫か」

「……脩平か。どうした？」

「ちょっと顔を見に寄っただけだよ」

「仕事は？」

「今日の分は終わった。もう十二時だよ」

「だったら、早く帰れ。休める時に休んでおかんと、刑事は身体が保たんぞ」

「もうすぐ帰るよ」

今度の事件で加賀と組むことになったことを話そうかと松宮は思った。だがそれを聞くことで、隆正が動揺するのではないかという不安もあった。彼が息子のことを気にしていないはずがないのだ。

だが松宮が迷っているうちに、隆正は再び規則正しく寝息をかき始めた。咳をする気配もなさそうだった。

松宮は静かに腰を上げた。いつか必ず恭さんを連れてくるよ——眠っている隆正に、心の中で約束した。

20

昭夫が目覚まし時計を見ると、午前八時を少し過ぎていた。ということは、三時間程度は眠ったことになる。どうしても寝付けず、午前五時頃までウィスキーの薄い水割りを飲んでいたのだ。今日のことを考えると酩酊（めいてい）するわけにはいかない。かといって、アルコールの力なしでは夜を過ごせそうになかった。

頭がぼんやりしている。眠ったとはいえ、熟睡には程遠いものだった。何度も寝返りをうった覚えがあった。

隣の布団では八重子が背中を向けて寝ていた。最近の彼女は寝息が荒い。鼾と表現したほうがいいような音をたてることもある。しかし今朝は静かだ。肩も背中も動いていない。

「おい」昭夫は呼びかけてみた。

八重子の身体がゆっくりと昭夫のほうに回転した。彼女の陰鬱な表情が、遮光カーテンのせいで余計に暗く見えた。目だけが鈍く光っていた。

「眠れたか」彼は訊いた。

八重子は枕に頬をおしつけるように首を動かした。かぶりを振ったらしい。

「眠れるわけないか」昭夫は上半身を起こし、首を前後左右に動かした。関節がぽきぽきと音を立てた。自分が壊れかけの古い機械のような気がした。

腕を伸ばし、カーテンを開けた。運命の日の朝は、分厚い雲に包まれていた。

「ねえ」八重子がいった。「いつ、やるの?」

昭夫は答えなかった。彼自身がそれを考えている真っ最中だったからだ。やるからには後戻りはできない。あらゆる段取りを整えておく必要があったし、家族全員の口裏を合わせておく必要があった。一人を除いて、だが。

「あなた」

「聞こえてるよ」昭夫はぶっきらぼうにいった。今回、彼は妻に対してかなり厳しい口調を貫いている。こんなことは結婚してから初めてのことだったかもしれない。妻がすべてを彼に委ねているという確信があるからにほかならなかった。もっと別のことで、ここまで頼りにされる夫であるべきだった、と今さらながら悔やんだ。

彼はカーテンをさらに開き、何気なく通りを見下ろした。二十メートルほど離れた路上に一台のセダンが止まっていた。中に誰か乗っているようだ。

はっとして昭夫はカーテンを閉めた。

「どうしたの？」八重子が訊いてきた。

「刑事だ」彼はいった。

「刑事？　歩いてきてるの？」

「そうじゃない。車を止めて、中にいる。たぶんうちを見張ってるんだ」

八重子は顔を歪め、起きあがった。カーテンに手を伸ばそうとした。

「開けるなっ」昭夫はいった。「見張りに気づいたことは、向こうに知られないほうがいい」

「どうしたらいい？」

「どうもこうもないだろう。向こうから来る前に手を打ったほうがいい。――直巳は起きてるのかな」

「見てくるわ」八重子は立ち上がり、乱れた髪を直した。

「例の人形を持って来させろ。あいつの部屋には絶対に残すなよ。ほかの物は、全部処分したんだろうな」

「それは大丈夫。あたしが遠くまで行って捨ててきたから」

「もう一度念入りに調べるんだ。一つでも見つかったらアウトだと思え」

「わかってる」

八重子が出ていってから、昭夫も立ち上がった。すると立ちくらみがし、一旦片膝をついた。すぐにおさまったが、次には吐き気が訪れた。彼は大きなげっぷをした。臭(くさ)い息が吐き出された。

最低最悪の一日の始まりだ、と思った。

21

春日井一家が住んでいるマンションは、バス通りから百メートルほど歩いたところにあった。六階建ての、まだ新しい建物だった。そこの五階に彼等の部屋はあった。

午前中の訪問にも拘わらず、春日井忠彦はすぐに二人を招き入れてくれた。捜査に役立てるなら、積極的に協力しようということなのだろう。昨日会った時よりも、かなり落ち着いて見えた。

「奥さんのお加減はどうですか」松宮は訊いた。集会所で襖越しに聞いた隙間風のような泣き声が、まだ耳に残っていた。

「寝室で休んでいます。呼んできたほうがいいですか。本人も、もう話が出来るといってましたけど」春日井はいった。

あまり無理はさせたくないと松宮は思ったが、すぐに加賀が、「お願いします」と隣でいった。

「じゃあ、ちょっと呼んできます」春日井はリビングを出ていった。

「なんか、気の毒だな」松宮は呟いた。

「同感だが、仕方がない。被害者の日常を一番よく知っているのは母親だ。ふだん会社に行っている父親からじゃ、ろくな話は聞き出せない」そういいながら加賀は室内を見回している。

松宮もつられて周囲を眺めた。ダイニングセットとリビングセットがコンパクトに配置された洋室だ。大きな画面の液晶テレビの横には、アニメのＤＶＤをずらりと並べた棚が置いてある。被害者が好きだったのだろう。

ダイニングテーブルの上には、コンビニで買ってきたと思われる弁当が二つ載っていた。一方は食べかけで、もう一つは全く手つかずのようだ。昨夜の夫妻の夕食だろうと松宮は推測した。

春日井が戻ってきた。彼の後ろから痩せた女性も入ってきた。長い髪を後ろで束ね、眼鏡をかけていた。化粧気は殆どなかったが、口紅だけはつけていた。たった今、塗ったのかもしれない。顔色はよくなかった。

妻の奈津子です、と春日井が紹介した。

彼女は会釈した後、刑事たちの前を見た。

「あなた、お茶ぐらい出さないと」

「いえ、結構です」即座に加賀がいった。「どうぞ、おかけになってください。申し訳ありません。お疲れのところを」

「何かわかったんでしょうか」か細い声で奈津子は訊いてきた。

「わかったこともありますが、わからないこともたくさんあります。その一つが、なぜ優菜ちゃんが一人で外出したのかということです。そういうことはしばしばあったんでしょうか」

奈津子はゆっくりと瞬きをしてから口を開いた。

「出かける時にはちゃんと声をかけなさいといつもいってたんですけど、勝手に出ていくことは多かったです。小学校に通うようになってから、特にそうなりました。友達と外で遊ぶ約束をしていたみたいです」

「金曜日もそうだったんでしょうか」

「あの日は違うと思います。そういう友達のところへは全部当たってみたんですけど、優菜と会う約束をしていた子はいませんでした」

「優菜ちゃんはアイスクリームを買ったようです。そのために出かけたということは考えられますか」

奈津子は首を傾げた。

「アイスクリームなら冷蔵庫にあるんです。だから、それだけのために出ていったとは思えません」

加賀は頷いた。

「優菜ちゃんは携帯電話を持っていましたか」

奈津子はかぶりを振った。

「いくら何でもまだ早すぎると思って……。でも、こんなことになるんなら、持たせておけばよかった」眼鏡の奥の目が潤み始めた。

「携帯電話を持っていれば安全というわけでもないです。かえって危険という声もあります」加賀が慰めるようにいった。「お友達で持っている子はいるんですか」

「何人かいるようです」

いずれも防犯が目的だろう、と松宮は横で聞いていて推察した。最近では居場所を確認できるGPS機能のついているものもある。ただし加賀がいったように、そのせいで逆に犯罪に巻き込まれるケースもないわけではない。

「優菜ちゃんの部屋というのはあるんですか」加賀が訊いた。

「ありますけど」

「見せていただいてもいいですか」

奈津子は夫のほうを向き、「いいわよね」と確認した。

「見ていただこう」そういって春日井は立ち上がった。

優菜の部屋は四畳半ほどの洋室だった。窓際に勉強机があり、壁に寄せてベッドを置いてある。机もベッドも真新しかった。

目をひくのは、ずらりと棚に並べられたフィギュアだった。それらは、ある人気アニメのキャラクターだった。様々な衣装をつけたフィギュアが売り出されているということは松宮も知っていた。

「スパプリのファンだったんですね」松宮はいった。

「そうなんです。以前から大好きで……」奈津子は涙声になっていた。

「スパプリ?」加賀が不思議そうな顔をした。

「このキャラクターだよ。『スーパープリンセス』というんだ」フィギュアの一つを松宮は指差した。

「テレビの横に並んでいたDVDもそうかな」

「そうです。以前は毎日のように見ていました」奈津子が答えた。「フィギュアを集めるのも好きで、よくねだられました」

加賀は勉強机に近づいた。奇麗に整頓されている。小学校の名札が載っていた。登校時、服につけるのだろう。外出する時に外したらしい。

名札を見ていた加賀が、「これは？」といって振り返った。

「小学校の名札です」奈津子が答えた。

「そうではなく、裏にかいてるものです。電話番号やアドレスのようですが」

加賀は名札を裏返して差し出した。松宮は横から覗き込んだ。たしかにサインペンのようなもので携帯電話の番号やメールアドレスらしきものが書き込まれている。

「これは私たちのケータイの番号とアドレスです」春日井が答えた。

「御夫婦とも、携帯電話をお持ちなんですね」

「そうです。優菜がいつでも連絡を取れるよう、名札の裏に書き込んでおいたんです」

「アドレスが三つありますね」

「二つはケータイのアドレスで、ひとつはパソコンのメールアドレスです」

加賀は納得したように頷き、名札の裏を見つめていたが、不意に何か思いついたように顔を上げた。

「パソコンはどちらに？」

「私たちの寝室にありますが」

「優菜ちゃんが使うことはありますか」

「一緒にインターネットをすることはあります」

「一人で使うことは？」

「それはないと思います。――ないよなあ？」春日井は妻に確認をとった。

「見たことありません」奈津子も同意した。

「御主人が最後にパソコンを使ったのはいつですか」

「昨日の夜です。メールを確認しただけですけど」

「何か不審な点はありませんでしたか」

「不審というと？」

「見慣れないメールを受信していたとかです」

「なかったと思います。あのう、パソコンのメールがどうかしたんですか」

「いえ」加賀は手を振った。「まだ何ともいえません。ただ、もしかしたらパソコンを調べる必要があるかもしれません。その場合、お預かりしてもかまいませんか」

「事件解決に役立つなら、もちろんかまいませんが……」春日井は釈然としない様子だ。

「理由については、その時に御説明します」加賀は腕時計を見た。「長々と失礼いたしました。大変参考になりました」

春日井夫妻も会釈を返してきた。しかし二人の顔には、悲しみとは別に戸惑いの色も滲んでいた。

「小林さんに連絡してくれ」マンションを出てから加賀はいった。「鑑識に春日井さんのパソコンを調べてもらうんだ」

「被害者がパソコンを使って犯人と連絡を取り合ったというのかい？」

「その可能性はある」

「だけど両親の話では、被害者が一人でパソコンを使うことはないということだった」

すると加賀は肩をすくめ、ゆらゆらと頭を振った。

「親の話なんかは当てにならない。子供というのは、親が考えているよりもはるかに成長しているものなんだ。密かな楽しみを見つけた時は、特にそうだ。見よう見まねでメールを操るようになったり、その痕跡が残らないように消去するなんてことは、ゲーム世代の子供にとってはどうってことない」

加賀の言葉には松宮も首肯せざるをえない。昨今の少年を取り巻く犯罪を見れば、明らかだった。

松宮は携帯電話を取り出した。小林にかけようとしたが、その前に着信音が鳴った。

「松宮です」

「小林だ」

「今、かけようと思っていたところです」

「わかった。そういうことなら、今すぐに鑑識を向かわせよう」

松宮は加賀から聞いた話を主任に伝えた。

「自分たちはここに残っていたほうがいいですか」松宮は訊いた。

「いや、おまえたちにはこれから行ってもらいたいところがある」

「どこですか」

「前原昭夫のところだ」

「何かわかったんですか」

「そうじゃない。向こうから連絡してきたんだ」

「前原が？」携帯電話を握りしめたまま、松宮は加賀の顔を見た。

「銀杏公園の事件について話したいことがあるので、今すぐ来てほしい——前原昭夫はそういってきたんだ」

22

午前十時を少し過ぎていた。インターホンのチャイムが鳴った。

ダイニングテーブルを挟んで向き合っていた夫妻は、互いの顔を見つめた。

八重子は無言で立ち上がると、インターホンの受話器を上げた。はい、と低く返事する。

「……あ、どうも御苦労様です」彼女はそういって受話器を戻し、硬い顔つきで昭夫を見た。「来たわよ」

うん、と答えて彼は椅子から腰を上げた。

「どこで話をすればいいかな」

「客間でいいんじゃない」

「ああ、そうだな」

昭夫は玄関に出てドアを開けた。体格のいい男が二人、立っていた。もはやどちらもよく知っている顔だった。加賀と松宮だ。話があるといっただけだから、顔なじみの刑事を寄越したのかもしれない。

「どうも、わざわざすみません」昭夫は頭を下げた。

「何か重要なお話があるとか」松宮が訊いてきた。

「ええ、まあ……ここでは何ですから」

どうぞ、と招くようにドアをさらに開けた。失礼します、といって刑事たちは足を踏み入れてきた。

六畳の和室に二人を案内した。身体の大きい刑事たちは、窮屈そうに正座した。八重子が茶を運んできた。どうも、と男たちは頭を下げる。しかし湯飲み茶碗に手を出そうとはしない。なぜこの夫婦は自分たちを呼んだのか――それを一刻も早く知りたいのだろう。

「あのう、銀杏公園の事件ですけど、捜査のほうは進んでいるんでしょうか」八重子が遠慮がちに訊いた。

「まだ始まったばかりですが、いろいろと情報は集まっています」松宮が答えた。

「手がかりとか、あるんですか」昭夫は訊いてみた。

「ええ、それはまあ」松宮は怪訝そうに昭夫と八重子の顔を見比べた。

加賀が湯飲み茶碗に手を伸ばした。一口啜(すす)ってから顔を上げて昭夫を見た。心の奥底を見抜こうとしている目で、その鋭さに昭夫はひるみそうになった。

「芝生を調べておられましたよね。うちの芝生を」昭夫はいった。「何かわかったんでしょうか」

松宮は迷ったように隣の加賀を見た。加賀が口を開いた。

「遺体に芝生が付着していたんです。それとの照合を行いました」

「なるほど……。それで、うちの芝生はどうだったんでしょうか。一致していましたか」

「なぜそれをお知りになりたいんですか」

「一致していたんですね」

だが加賀はすぐには答えようとしない。肯定していいかどうか考えている顔だった。

「一致していたとしたら、どうなんですか」

それを聞いて昭夫は深い吐息をついた。

「やっぱり、こうしてお呼びしてよかった。どの道、ばれることだったんだから」

「前原さん、あなたは一体――」松宮が焦れたように身を乗り出してきた。

「加賀さん、松宮さん」昭夫は背筋を伸ばすと、両手を畳につき、頭を下げた。「申し訳ございません。女の子の死体を公園のトイレに置いたのは……この私です」

崖から飛び降りるような感覚を昭夫は味わっていた。もはや後戻りはきかない。しかし一方で、もうどうにでもなれという捨て鉢な気分になってもいた。

重い沈黙が狭い部屋を支配した。昭夫は頭を下げたままなので、二人の刑事がどんな表情をしているのかわからなかった。

隣から八重子のすすり泣く声が聞こえてきた。泣きながら、すみません、と呟いた。そして昭夫の横で同じように頭を下げる気配があった。

「あなたが女の子を殺したと？」松宮が訊いてきた。だが驚いたような響きはない。事件に関する何らかの告白は予想していたのだろう。

いいえ、と昭夫は顔を上げた。二人の刑事の顔は、さっきよりも険しいものになっていた。

「私が殺したわけじゃありません。でも……犯人はうちの者なんです」

「ご家族ということですか」

ええ、と昭夫は頷いた。

松宮は、まだ頭を下げたままの八重子のほうにゆっくりと顔を巡らせた。

「いえ、妻でもありません」昭夫はいった。

「すると……」

「じつは」昭夫は息を吸い込んだ。逡巡する思いが体内に残っていた。それを振り切り、彼はいった。「母なんです」

「おかあさんが？」松宮は戸惑ったように眉根を寄せ、横の加賀を見た。

加賀が尋ねてきた。「あなたのおかあさんですか？」

「そうです」

「先日お見かけした、あのご婦人のことですね」加賀はしつこく念を押してくる。

ええ、と昭夫は顎を引いた。心臓の鼓動が激しさを増していた。

これでいいのだろうか——迷いの気持ちが彼の中で渦巻いていた。

こうするしかないんだ——その迷いをふっきろうと自分にいいきかせていた。

「あの女の子の写真を持って、刑事さんが最初にうちに来られた時、妻も私も見たことがないと答えましたよね」

ええ、と加賀は頷いた。「違うんですか」

「じつは、妻は何度か見たことがあるそうです。うちの裏庭に来ていたそうです」

「裏庭ですか」加賀は八重子を見た。

彼女は俯いたまま話し始めた。

「裏の縁側で、義母の人形で遊んでいるのを何度か見ました。うちの裏には木戸があって、女の子はそこから入ったようです。垣根の隙間から人形が見えたので、お婆さんに見せてもらっているんだっていってました。でも、どこの子なのかは知りませんでした」

二人の刑事は顔を見合わせた。

「おかあさんは今どちらに？」松宮がいった。

「自分の部屋にいます。奥の部屋です」

「会わせていただけますね」

「ええ、それはもちろん。ただ……」昭夫は二人の刑事の顔を交互に見た。「以前にもお話ししましたように、うちの母はああいう状態でして、まともに話をできるかどうか、ちょっとわからないんです。自分のしたこともよく覚えていないという有様で……。だから、あの、質問とかそういうのは無理じゃないかと思うんですけど」

「ははあ」松宮は加賀を見た。

「でも、とりあえず案内していただけますか」加賀がいった。

「あ、はい、わかりました。本当にどうも……」

昭夫が立ち上がると刑事たちも腰を上げた。八重子は頭を下げたままだった。

廊下を出て、奥に進んだ。突き当たりに襖の引き戸がある。それをそっと開いた。

古い箪笥が一つと小さな仏壇があるだけの殺風景な部屋だ。以前は鏡台をはじめ、もっといろいろとあったが、政恵が認知症になってから、八重子が少しずつ処分しているのだ。政恵がいなくなったら、ここを自分たちの部屋にしたい、と彼女は前からいっている。

政恵は裏庭に面した縁側で、うずくまるような格好で座っていた。襖を開けられたことも気づかぬ様子で、前に置いた人形に向かってぶつぶつとしゃべっていた。薄汚れた、古いフランス人形だった。

「母です」昭夫はいった。

刑事たちは黙っていた。どう対応すべきか考えているようだった。

「話しかけてもいいですか」松宮が尋ねてきた。

「それは構いませんが……」

松宮は政恵に近づいていき、人形を覗き込むように中腰になった。

「こんにちは」

しかし政恵は答えない。刑事のほうを見ようともしない。人形を手に取り、その髪を撫でている。

「あんな感じです」昭夫は加賀にいった。

加賀は腕組みをしてそんな様子を眺めていたが、やがて松宮に声をかけた。

「先に前原さんたちの話を聞いたほうがいいんじゃないかな」

松宮は腰を伸ばし、頷いた。「そうですね」

加賀と松宮がさっきの部屋に戻るのを見送ってから昭夫は襖を閉めた。政恵は人形の頭を撫で続けていた。

「あたしが家に帰ってきたのは六時頃だったと思います。パートの仕事が五時半までなんです。で、義母の様子を見ようと思い、部屋に行ってみてびっくりしました。小さな女の子が部屋の真ん中で倒れていたからです。ぐったりとしていて。全然動きません。義母は縁側で壊れた人形をいじっていました」

八重子が話すことを刑事たちはメモにとっていく。松宮は細かく記しているようだが、加賀はポイントを書くだけなのか、ペンの動いている時間が短い。

「女の子の身体を揺すってみましたけど、息もしていない様子でした。死んでいる、とすぐに思いました」

八重子の話を聞きながら、昭夫は腋の下を冷や汗が流れていくのを感じていた。

二人で話し合い、作り上げた嘘だ。矛盾はないか、警察に怪しまれるような不自然な部分はないか、何度も検証した。しかし所詮は素人の考えたストーリーだ。プロの刑事たちから見れば、齟齬だらけなのかもしれない。そうだとしても、これで押し通さねばならない。それしか自分たちに進むべき道はない。

「義母に、この子は一体どうしたのと尋ねました。でも義母はああいう調子で、まともに答えてくれません。あたしの質問の意味さえ、よくわからない様子でした。それでもしつこく問い詰めたら、ようやく、その子は大事な人形を壊したからお仕置きをした、と答えたんです」

「お仕置き？」松宮が首を傾げた。

「だからそれは」昭夫が口を挟んだ。「たぶん子供同士でじゃれあうような気持ちだったんだと思います。女の子が何をしたのかはわかりませんが、何かが母の癇に障ったんでしょう。女の子が騒ぎすぎたのかもしれません。とにかく母はちょっとお仕置きをする気持ちで殺してしまったのだと思います。母は歳のわりに力が強かったから、あんなに小さい女の子では抵抗できなかったんじゃないでしょうか」

自分で話しながら、彼はその内容の信憑性に自信を持てないでいた。こんな話を果たして刑事が信じてくれるだろうか。

松宮が八重子を見た。

「それで、その後奥さんは……」

「主人に電話をかけました」彼女は答えた。「六時半頃だったと思います」

「電話で詳しい内容を話されたのですか」

「いえ……とてもうまく説明できそうになかったので、とにかく早く帰ってきてほしいとだけいいました。あとそれから、主人の妹が義母の世話のために来てくれるんですけど、断ってほしいと頼みました」

このあたりは本当のことだ。そのせいか八重子の口調も幾分滑らかだった。

「奥さんは」松宮は八重子を見た。「その時点ではどうしようと考えておられたのですか。警察に知らせるという発想はなかったのですか」

「それはもちろん考えましたけど、とにかく主人と相談してからと思いました」

「で、御主人が帰宅されて、死体を見たわけですね」

昭夫は頷いた。

「驚きました。事情を聞き、目の前が真っ暗になりました」

それもまた本当のことだった。

「それで、死体を捨てることはどちらが提案されたのですか」松宮が核心に迫る質問を放ってきた。

八重子がちらりと昭夫に目を向けた。それを感じ、彼は息を吸った。

「どちらが、ということはなかったです。何となく、といったらいいんでしょうか。警察に知らせたらもうこの土地には住めなくなる、何とか隠せるものなら隠したい、そんなことを二人で話したのは事実です。そのうちに、死体をどこかに運べば何とかなるんじゃないか、というようなことを考え始めまして……。でも、浅はかでした。じつに申し訳ないことをしたと思っています」

しゃべりながら、この家は処分するしかないだろうと昭夫は思った。しかし殺人のあった家など、果たして誰が買ってくれるだろう。

「銀杏公園に捨てたのはなぜですか」松宮が訊いた。

「特に深い理由はありません。ほかに思いつかなかっただけです。うちは車がないので、そんなに遠くには行けないし」

「捨てに行ったのはいつですか」

「夜遅くになってからです。日付は変わっていました。午前二時か三時か、そんなところです」

「では」松宮はペンを構えた。「その時の模様を出来るかぎり詳しく話してください」

23

前原昭夫が訥々と語っている姿に、演技めいたものは感じられなかった。その顔は苦しげに歪み、声はかすれていた。彼の妻は横で項垂れ、時折鼻を啜る。ひっきりなしに目元を押さえるハンカチは、びっしょりと濡れていた。

死体遺棄に関する彼の供述は、説得力に満ちていた。トイレの水を流そうとしたところ流れず、手で何度も水を運んだというくだりなどは特にそうだ。死体が見つかったトイレの水洗が故障していることは、マスコミなどでは報道されていない。

またその行為中に彼が感じた恐怖や焦りなども、十分に理解できるものだった。少女の衣類に芝生が付着している可能性に気づきながらも、一刻も早くその場から立ち去りたいという思いから、除去を徹底できなかったというのも頷ける。その芝は、死体を段ボール箱に入れる際、一旦庭に置いた時に付着したらしい。

「うちに何度も刑事さんが来られて、家族のアリバイを確認された時、もう隠し通すのは無理だなと思いました。それで妻と相談し、すべてを告白する決心をしたというわけです。ご迷惑をおかけして、本当に申し訳ありませんでした。女の子の御両親にも、謝罪せねばと思っています」

話し終えると前原はがっくりと肩を落とした。

松宮は加賀のほうを見た。

「署に連絡してくるよ」

だが加賀は頷かない。何かを含んだような顔で、小さく首を捻った。

「何か？」

すると加賀は前原にいった。

「もう一度おかあさんに会わせていただけますか」

「それはかまいませんが、御覧になったとおり、とてもまともな会話は――」

だが前原がいい終えるのを待たず、加賀は腰を上げた。

先刻と同じように廊下を進んだ。前原が政恵の部屋の襖を開けた。政恵はやはり縁側にいた。庭のほうを向いているが、何を見ているのかはわからない。

加賀は彼女に近づいていき、隣に座った。

「何してるの？」子供に声をかけるような優しい口調で加賀は訊いた。

しかし政恵は無反応だ。誰かがそばに来ても警戒しないのは、その人物の存在を認識していないからかもしれなかった。

「だめですよ、刑事さん」前原がいった。「人のいうことなんか、何も耳に入ってないんだから」

加賀は振り返り、黙っていろというように掌を広げた。それから政恵に向かって笑いかけた。

「女の子、見なかったかな」

政恵が少し顔を上げた。しかし加賀を見ているわけではなさそうだ。

「ふってきた」彼女が突然いった。

えっ、と加賀は訊いた。

「雨、ふってきた。今日はもう、お山には行けそうにないね」

松宮は外を見た。だが雨などは一滴も落ちていない。風が木の葉を揺らしているだけだ。

「家の中で遊ぶしかないね。そうだ、お化粧しないと」

「無駄ですよ。わけのわからんことをしゃべっているだけです。幼児退行というやつです」前原はいった。

それでも加賀は腰を上げない。じっと政恵の顔を見つめている。

彼の視線が少し下を向いた。政恵の傍らに転がっているものを拾い上げた。丸めた布のように松宮には見えた。

「手袋ですね」加賀はいった。「あの時に拾ったものかな」

「そうだと思います」

「あの時って？」松宮は訊いた。

「俺が昨日こちらに来た時、庭でこのおかあさんが手袋を拾っているのを見たんだ。例の手袋だよ」加賀が説明した。

「何が気に入ったのか、ずっと付けてました。ようやく外したということは、飽きたんでしょう。小さな子供と一緒ですから、何を考えているのか理解するのは無理なんです」前原が諦め口調でいった。

加賀は手袋を見つめた後、奇麗に畳んで政恵の横に置いた。それから室内を見回した。

「おかあさんは、いつもこの部屋に？」

「ええ、トイレの時以外は大抵」

「事件の後、おかあさんはどちらかにお出かけになりましたか」加賀は訊いた。

前原は首を振った。

「どこにも出ていません。というか、ぼけてからは外に出なくなりました」

「なるほど。失礼ですが、ご夫婦のお部屋はどちらですか」

「二階です」

「おかあさんが二階に上がられることは？」

「ありません。何年も前に膝を悪くしましてね、ぼける前から階段を上がれなかったんです」

二人のやりとりを聞きながら、松宮は加賀の質問の意味を考えていた。なぜすぐに捜査本部に報告しないのかもわからなかった。しかし前原のいるところで、それを尋ねるわけにはいかない。

加賀は立ち上がり、部屋の中を歩きまわった。何かを点検するように、部屋の隅々を眺めている。

「あのう、何か……」たまりかねたように前原が訊いた。彼も加賀の考えが理解できないのだろう。

「女の子が壊した人形というのは処分されたのですか」加賀が訊いた。

「いえ、それはここに」前原は押入を開け、下の段に入っている箱を引き出した。

　松宮は中を覗き込み、目を見張った。箱ごと持ち上げ、加賀のところへ持っていった。

「恭さん、これ……」

　そこに入っていたのは、春日井優菜が集めているフィギュアと同種のものだった。腕が外れている。

　加賀は箱の中をちらりと見た後、「この人形はどうされたのですか」と前原に訊いた。

「去年……だったかな。私が買ったんです」

「あなたが？」

「この通り、母は小さな子供のようになってしまいました。で、人形をほしがるものですから、デパートで買ってきたんです。人気のキャラクターだそうですが、そんなことは知りませんでした。でも母は気に入らなかったのか、ずっとどこかにしまいこんだままだったんです。何かのきっかけで引っ張り出してきたんでしょうが、それがとんだことになってしまいました」

　松宮は春日井優菜の部屋にあったフィギュアを思い出した。コレクションに夢中になっている女の子が、たまたまそれを目にした場合、知らない家でも入っていくかもしれないと思った。

「妹さんには事情を話しておられないのですか」加賀が前原に質問した。

「ええ、この状況を説明するのが難しくて……。いつかは話さねばならないのですが」

「金曜以後、妹さんは来ておられないそうですね。するとおかあさんの世話はどなたが？」

「一応私と妻がみていますが、世話というほどのことは何も。トイレは自分で出来ますし」

「食事は？」

「ここに運びました」

「おかあさんは一人で食事されるのですか」

「そうです。といっても、サンドウィッチですから」

「サンドウィッチ？」松宮は思わず訊いた。

「妹を玄関先で追い返した時に、受け取ったんです。今はサンドウィッチがお気に入りだからとかいって」

松宮は部屋の隅に置いてあるゴミ箱の中を覗いた。サンドウィッチの空き袋と牛乳の四角い空き容器が捨てられていた。

加賀は腕組みをし、政恵の後ろ姿を眺めていたが、やがて松宮のほうを振り返った。

「庭を見せてもらおうか」

「庭？」

「前原さんの話では、庭で被害者の死体を段ボール箱に入れたらしい。そこを見ておこうと思ってね」

松宮は頷いたが、加賀の狙いはよくわからなかった。庭を見ることにどんな意味があるのか。

「あなた方はここにいてください」前原夫妻にそういうと、加賀は部屋を出ていった。松宮もあわてて後を追った。

庭に出た加賀は、しゃがんで芝生を触った。

「芝について確認することがあるのかい？」松宮は訊いた。

「あれは口実だ。君と話し合いたいと思ってね」加賀がしゃがんだままでいった。

「話し合うって、何を？」

「本部に連絡するのは、もう少し待ってくれないか」

「えっ？」

「彼等の話、どう思った？」

「そりゃあ、驚いたよ。まさかあの婆さんが殺したとはね」

加賀は庭の芝を指先で摘み、そのままむしり取った。それを見つめてから、ふっと吹き飛ばした。

「あれを鵜呑みにするのか」

「嘘をついてるっていうのか」

加賀は立ち上がり、ちらりと前原家の玄関を見てから、声をひそめていった。

「連中が本当のことをいっているとは思えない」

「そうかな。でも筋は通っている」

「それはそうだろう。連中は昨日丸一日をかけて、筋の通った話を作りあげたんだろうからな」

「嘘だと決めつけるのは早すぎないか。仮に嘘だとしても、現段階でとりあえず本部に報告するべきだと思う。連中が何かを隠しているのなら、これからの取り調べで必ず明らかになるだろうし」

松宮の言葉の途中から、そんなことはわかっているとでもいうように、加賀は首を縦に振り始めていた。

「主導権は君にある。どうしてもこの時点で報告するというのなら、俺は止められない。ただし、石垣係長か小林主任と話をさせてほしい。俺から頼みたいことがあるんだ」

「何だよ、それ」

「すまない。詳しく話している余裕はない」

松宮は苛立ちを覚えた。新米扱いされたと感じた。するとそれを察知したように加賀がいった。

「もし君が正面から彼等と向き合えば、必ず真相に気づくはずだ」

そういわれると松宮としては反論しにくかった。釈然としないまま携帯電話を取り出した。

電話には小林が出た。松宮は前原昭夫から聞いた話を報告した上で、加賀の意向を伝えた。加賀君に代わってくれ、と主任はいった。

電話を受け取った加賀は、松宮から少し離れ、ぼそぼそと何やら話し始めた。その後、加賀は戻ってきて、携帯電話を差し出した。「君に代わってくれということだ」

松宮は電話に出た。

「事情はよくわかった」小林がいった。

「どうすればいいですか」

「君たちに時間を与える。加賀君に考えがあるようだから、それにしたがってくれ」

「前原たちを署に連れていかなくていいんですか」

「だから、それは急ぐ必要はないといってるんだ。係長には俺から説明しておく」

わかりました、といって松宮は電話を切ろうとした。すると、「松宮」と小林が呼びかけてきた。

「しっかり、加賀君のやり方を見ておくんだぞ。おまえはこれから、すごい状況に立ち会うことになるからな」

言葉の真意を考えて松宮が黙っていると、がんばれよ、といって電話は切れた。

松宮は加賀に訊いた。「どういうことなんだ」

「いずれ君にもわかる。だけどこれだけはいっておこう。刑事というのは、真相を解明すればいいというものではない。いつ解明するか、どのようにして解明するか、ということも大切なんだ」

意味がわからず松宮が眉をひそめると、加賀は彼の目をじっと見つめて続けた。

「この家には、隠されている真実がある。それは警察の取調室で強引に引き出されるべきことじゃない。この家の中で、彼等自身によって明かされなければならない」

24

刑事たちが庭で何を話しているのか、昭夫にはまるで見当がつかなかった。今さら庭で何を調べようというのか。自分たちの話した内容を改めて振り返り、刑事たちに疑念を抱かせる材料がなかったかどうかを確かめてみたが、特に矛盾があるとは思えなかった。殺したのがじつは政恵ではなく直巳なのだということ以外は、殆どすべて真実を話したつもりなのだ。

「あの人たち、何をしてるんだと思う?」八重子も同じ思いらしく不安そうに訊いてきた。

「わからん」昭夫は短く答えてから母親のほうを見た。

政恵は背を向け、うずくまるように座っている。まるで石のように動かない。

これでいい、こうするしかない——昭夫は再び自分にいい聞かせた。

ひどいことをしているというのは、もちろん彼自身が一番よくわかっていた。息子の罪を隠蔽するためとはいえ、実の母親を身代わりにするなどというのは、人間のすることではない。仮に地獄というものが存在するなら、死後自分は必ずそこに落ちるだろうと彼は思った。

だがこれ以外に今の窮地を脱する方法が思いつかなかった。認知症の老婆が殺してしまったということになれば、世間の風当たりは幾分弱くなるだろう。高齢化社会が招いた悲劇だと解釈され、うまくすれば前原一家はかわいそうな家族だと受け取られるかもしれない。直巳の将来への悪影響も、最小限にとどめられそうな気がした。

逆に真実をばらしてしまったらどうなるだろう。直巳は生涯、殺人者としてみられるに違いない。そして彼の両親は、息子の暴走を止められなかった馬鹿な人間と軽蔑され、非難され続けることになる。どこへ移り住もうと、誰かが必ずそのことを嗅ぎつけ、前原一家を孤立させ、排除しようとするだろう。

政恵には申し訳ないと思う。しかし彼女自身は、自分が陥れられたことなどわからないはずだ。認知症の老人が罪を犯した場合に司法がどう機能するのか昭夫は知らなかったが、ふつうの人間と同じように刑罰が下されるとは思えなかった。責任能力、という言葉を昭夫は思い出していた。それのない人間は、罪に問われにくいという話を聞いたことがある。今の政恵に責任能力があるとは誰もいわないだろう。

それに政恵も、自分が身代わりになることで孫が救われるなら本望に違いない。それを理解することが出来ればの話だが――。

玄関のドアが開閉される音が聞こえた。廊下を歩く足音が近づいてくる。

お待たせしました、といって松宮が部屋に入ってきた。加賀の姿はなかった。

「もう一人の刑事さんは?」昭夫は訊いた。

「別の場所に行っています。すぐに戻ってきます。ええと、ところで改めて伺いますが、事件のことを知っている方はほかにいますか」

予想された質問だった。昭夫は用意しておいた答えを口に出すことにした。

「私たち二人だけです。誰にも話していません」

「何も知りませんか？」

「でも息子さんがいらっしゃるでしょう。その方は？」

「息子は」昭夫は声がうわずりそうになるのを堪えながらいった。「何も知りません。あの子には気づかれないようにやりましたから」

「でも、全く知らないということはありえないんじゃないですか。自分の家に死体があって、両親が夜中にそれを始末しようとしていることに、まるっきり気づかないなんてことは、ちょっと考えられないんですけど」

松宮は昭夫たちにとって最も痛いところをついてきた。ここは正念場だ、と昭夫は思った。

「それが本当に知らないんです。いえ、じつをいいますと、今はある程度知っています。さっき私が警察に電話する前に、大体のことを話しましたから。でもそれまでは何も知らなかったはずです。金曜日は、どこをほっつき歩いていたのか、帰ってくるのが遅かったんです。昨日も、そうお話ししたでしょう？　息子が帰ってきた時には、すでに死体を庭に移してありました。死体には黒いビニール袋をかぶせてあったので、あいつは気づかなかったはずです」

それに、と八重子が隣からいった。

「ふだんあの子は家では自分の部屋に閉じこもって、食事とトイレの時以外は出てきませんから、夜中に親が何をしていようと、関心なんて全然ないんです。だから今はすごいショックを受けて、何も考えられない状態だと思います。何しろまだ子供ですから。話を聞いた後は、いつものように部屋に閉じこもってしまいました。お願いですから、そっとしておいていただけないでしょうか」

まだ子供、というところを彼女は強調していた。昭夫はそれを後押しすることにした。

「人見知りするたちでしてね。初対面の人とはまともに話もできないんです。幼いというか何というか。ですから、刑事さんのお役に立てるようなことは何もないと思うんですが」

刑事たちの注意を直巳に向けさせてはならない、と昭夫は思った。夫婦で話し合った時も、それが最重要だという点で二人の意見は一致していた。

そんな夫妻の顔を交互に眺めた後、松宮はいった。

「念のためです。もしかしたら薄々は何かに気づいておられたかもしれない。それに、もしおっしゃるとおりだったとしても、関係者全員から話を聞くというのが我々のルールなんです」

「関係者……でしょうか」八重子は訊く。

「同じ家に住んでおられる以上、息子さんも関係者ということになります」松宮はあっさりといい放った。

彼のいっていることはもっともだった。昭夫たちにしても、直巳を警察から完全に遠ざけることなどは無理だと思っていた。ただ、事件には無関係だし、まだ子供だということをできるかぎり強調しておきたかった。

「息子さんの部屋は二階ですか。何でしたら、自分が部屋に行ってもいいのですが」

松宮の言葉に昭夫は焦った。それだけは避けねばならなかった。直巳一人を刑事に会わせるのは危険だ。それもまた夫婦で一致した意見のひとつだ。

「呼んできます」同じ思いなのだろう、八重子がそういって部屋を出ていった。

「あのう」昭夫はいった。「場所を変えませんか。ここでは落ち着いて話せないし」

ちらりと政恵のほうを見た。

松宮は少し考える顔をしてから頷いた。「そうですね」

ダイニングルームに移動することになった。昭夫はほっとした。政恵の姿が見える場所では、直巳が狼狽するような気がしたからだ。無論直巳は、認知症の祖母が罪を被(かぶ)ってくれることを知っている。

「ええとですね」ダイニングチェアに腰を下ろしてから、松宮が訊いてきた。「今までにもこういうことはあったんですか。つまり、おかあさんが誰かを傷つけたり、何かを壊したりということですが」

「そうですね……ないことはなかったです。何しろあの調子ですから、本人に悪いことをしているという意識はなくても、結果的にこっちが迷惑するということは多々ありました。物を投げて壊したりとか」

「でも田島春美さんによれば、おかあさんが暴れるなんてことはなかったそうですよ」

「それは、だから、相手が妹だからです。妹の前でだけおとなしいんです」

昭夫の答えに、若い刑事は釈然としない表情だった。

階段を下りる足音が聞こえた。軽やかとはいえないリズムだ。

八重子の後ろから、直巳がのっそりと現れた。Tシャツの上にパーカを羽織り、スウェットを穿いていた。両手はそのスウェットのポケットに突っ込まれている。姿勢が悪く、猫背になっているのはいつものことだ。

「息子の直巳です」八重子がいった。「直巳、こちらが刑事さんよ」

紹介されても直巳は俯いたままで、相手の顔を見ようとしない。痩せた身体を隠すように母親の後ろに立っている。

「ちょっとこっちに来てくれるかな。話を聞きたいんだ」松宮がそういって向かいの椅子を指した。

直巳は下を向いたままダイニングテーブルに近づき、椅子に腰を下ろした。だが刑事と正対するのを避けるように身体を斜めにしている。

「事件のことは知っているのかな」松宮が質問を始めた。

直巳は小さく顎を前に出した。それが彼なりの頷きなのだろう。

「いつ知った？」

「さっき」ぼそりと答える。

「もう少し正確にいってもらえないかな」

直巳はちらりと母親を見た。その後、壁の時計に視線を移した。

「八時ぐらい」

「どんなふうに知ったんだい？」

直巳は黙っている。質問の意味がわからないのだろうかと昭夫が思った時、彼は上目遣いに父親を見た。

「なんで俺がこんなこと訊かれんの？」口を尖らせた。

おそらく自分は何もしなくていいと思い込んでいたのだろう。八重子から、そのように説明されているのかもしれない。女の子を殺しておいて、どういう神経をしているのかと昭夫は情けなくなるが、今ここで叱るわけにはいかない。

「一応、家族全員から話を聞きたいとおっしゃってるんだ。訊かれたことにだけ答えていればいい」

直巳はふて腐れたような表情で目をそらす。状況がわかっているのか、と昭夫は怒鳴りたくなった。

「事件のことは誰かから聞いたのかい」松宮が質問をやり直した。

「さっき、おとうさんとおかあさんから……」語尾が消えた。

「聞いた内容を話してもらえるかな」

直巳の表情に緊張と怯えの混ざったような色が出た。ここでしくじってはいけないということは、さすがにわかっているようだ。

「ばあちゃんが女の子を殺したって……」

「それで？」松宮は直巳の顔を覗き込む。

「その女の子は、おとうさんが公園に捨てたって。銀杏公園に……」

「それから？」

「隠しててもしょうがないから、警察に届けるって」

「ほかには？」

直巳の顔が不機嫌そうに歪んだ。あらぬ方向を睨み、口を半開きにした。喉が渇いた犬のように舌先を覗かせている。

いつもの顔だ、と昭夫は思った。何か悪いことをして問い詰められた時、最後には決まってこういう顔になる。原因が自分にあるにもかかわらず、それによって不快なことが生じると、自分以外の何かに責任を押しつけ、その何かに怒りをぶつけるのだ。今はきっと、刑事の詰問から守ってくれない両親に腹を立てているに違いないと昭夫は想像した。

「ほかには？」松宮が重ねて訊いた。

「知らない」直巳はぶっきらぼうにいった。「俺、なんも知らないから」

松宮は頷き、腕組みをした。その口元に笑みが浮かんでいるように見えた。それの意味がわからず昭夫は不安になった。

「話を聞いて、どう思った？」

「……びっくりした」

「そうだろうね。君から見て、どうなのかな。お婆さんはそういうことをしそうだった？」

直巳は下を向いたまま口を開いた。

「ぼけてたから、何をするかはわかんなかった」

「暴れることは？」

「あったと思う。でも俺、いつも帰るのが遅いから、ばあちゃんのことなんかよく知らない」

「そういえば金曜日も帰りが遅かったそうだね」松宮はいった。

直巳は無言だ。今度は何を訊かれるのだろうとびくついているのが昭夫にもわかった。彼自身も同じ思いだった。

「どこで何をしていたか、いってもらえるかな」

「あの、刑事さん」たまりかねて昭夫は口を挟んだ。「息子がどこにいたのかは、この件には関係がないと思うのですが」

「いや、そういうわけにはいかないんですよ。帰宅が遅かった、というだけではね。これこれこういう理由で遅くなった、と明らかにしておかないと、後でいろいろと面倒なんです」

松宮の口調は穏やかだが、妥協を許さない響きがあった。昭夫も、そうなんですか、と引き下がるしかなかった。

「で、どうかな」松宮は直巳に視線を戻した。

直巳は唇を半開きにした。そこから息の漏れる音が聞こえた。呼吸が乱れているのだ。

「ゲーセンとかコンビニとか」弱々しい声でようやく答えた。

「誰かと一緒に？」

直巳は小さくかぶりを振った。

「ずっと一人だったわけ？」

「うん」

「どこのゲームセンター？　それとコンビニの場所も教えてもらえるかな」

松宮は手帳を出し、メモを取る格好を始めた。全部記録するから、いい加減なことはいえないぞ、と威嚇（いかく）しているように昭夫には感じられた。

直巳はたどたどしい口調で、ゲームセンターとコンビニの場所を述べた。それらは万一のことを考えて、事前に決めておいたものだった。ゲームセンターは直巳がふだんからよく行く店だ。比較的広い店で、知り合いに会ったことはないという。コンビニは、これまでにあまり行ったことのない店を選んだ。よく行く店だと、店員が直巳の顔を覚えていて、金曜日の夜には行かなかったことを証言されてしまうかもしれないからだ。

「コンビニでは何を買ったのかな」

「何も買ってない。立ち読みしてただけ」

「じゃあ、ゲームセンターではどう？　どんなゲームをしたの？」

昭夫は、はっとした。そんなことまでは決めていなかった。そこまで訊かれると思わなかったからだ。祈るような思いで俯いている息子を見つめた。

「ドラムマニアとかバーチャファイターとか、あとスリルドライブとか……」ぼそぼそと直巳は答え始めた。「あと……スロットとか」

スロットとはスロットマシンのことだろう。それ以外の名称については、昭夫は聞いたこともなかった。実際に直巳がふだんやっているゲーム機に違いない。

「家に帰ったのは何時頃？」松宮の質問はまだ終わらなかった。

「八時とか九時とか、大体そんな感じ」

「学校を出たのは？」

「四時ぐらい……かな」

「誰かと一緒だった？」

「一人」

「いつも一人で帰るわけ？」

うん、と直巳は短く答える。幾分、苛立ちがこもっていた。なかなか解放してくれないことに対する腹立たしさもあるだろうが、この質問自体に傷ついている可能性もあった。

直巳には友達らしい友達がいない。小学生の時からずっとそうだった。ゲームセンターに行く時も、コンビニで立ち読みする時も、いつも一人だ。逆に、もし気の許せる友達が一人でもいれば、今度のようなことにはならなかっただろう。

「四時に学校を出て、帰宅が八時だとして、ゲームセンターとコンビニで四時間も費やしていたわけか」松宮が独り言のように呟いた。

「大体、いつもそんなもんなんですよ」八重子がいった。「早く帰ってきなさいといってるんですけど、ちっともいうことをきかなくて」

「近頃の中学生は大抵そんなものですよ」そういってから松宮は直巳を見た。「学校を出てから家に帰るまで、知り合いに会ったとか、誰かを見かけたとか、そういうことはなかったかな」

「なかった」直巳は即答した。

「じゃあ、ゲームセンターやコンビニで、何か印象に残るような出来事はなかったかな。たとえば誰かが万引きで捕まってたとか、ゲーム機が故障したとか」

直巳は首を振る。

「よく覚えてない。なかったと思う」

「そう」

「あのう」昭夫は再び刑事にいった。「息子がゲームセンターやコンビニに行ってたこと、証明できないとまずいんですか」

「いえ、そういうわけではありません。ただ、証明できたほうが今後何かと都合がいいというだけのことです」

「といいますと」

「証明できれば、息子さんは事件とは無関係ということで、改めて事情聴取を行うこともないでしょう。しかし証明できないとなれば、やはり何度か話を聞かせていただくことになると思います」

「いや、息子は無関係です。そのことは私たちが保証します」

だが松宮は首を振った。

「残念ながら親御さんの証言に証拠能力はありません。第三者の証言でないと」

「あたしたち、嘘なんかついてません」八重子の声が裏返った。「本当にこの子、関係ないんです。だから、もういいじゃないですか」

「それが事実なら、何らかの形で証明されますよ。心配されることはありません。ゲームセンターやコンビニには、大抵防犯カメラがついています。四時間も遊んでいたのなら、そこに映っている可能性も高いでしょう」

その言葉に、昭夫はぎくりとした。防犯カメラ——そんなことは考えもしなかった。

松宮は直巳のほうを向いた。

「ゲームが好きなんだね」

直巳は小さく首を動かした。

「パソコンは？　やらないのかい」

直巳は黙っている。あまりの反応の悪さに、昭夫までもがいらいらした。事件に関係のないこの程度の質問には、はきはきと答えてほしいものだと思う。

「やるわよね、パソコン」八重子が焦れたようにいった。

「自分専用のパソコンがあるんですか」松宮が彼女に訊いた。

「ええ。去年、知り合いから古いのをもらったんです」

「なるほど。最近の中学生はすごいですね」松宮は直巳に目を戻した。「質問に答えてくれてありがとう。部屋に戻っててていいよ」

直巳はのっそりと立ち上がり、無言で出ていった。階段を上がっていく音が聞こえ、最後にドアをばたんと閉める音がした。

この刑事は直巳を疑っている、と昭夫は確信した。何がそのような疑念を抱かせるきっかけになったのかは不明だが、そのことは間違いない。だからこそ、しつこくアリバイを確認したのだ。

八重子を見た。彼女はすがるような目を夫に向けていた。同様の不安を抱えている表情だった。何とかしてくれ、と訴えかけている。

昭夫は小さく頷いた。自信などなかったが、何とかしなければ、という思いだけが強かった。

刑事は直巳を疑っているのかもしれない。しかし証拠は何もないはずだ。自分たちが黙っていれば、どうすることもできない。老いた認知症の母親がやったことだと実の息子が主張しているのだから、それを信用するしかないはずだった。防犯カメラに直巳の姿が映っていないからといって、そのアリバイが嘘だと決められるわけではない。仮にアリバイが嘘だと判明したとしても、だからといって直巳が犯人だと決めつける根拠にはならない。

揺らいではいけない、この道を進むしかない——自らの決心を昭夫は確認した。

その時、インターホンのチャイムが鳴った。昭夫は思わず舌打ちをした。

「誰だろう、こんな時に」

「宅配便かしら」八重子がインターホンに近づく。

「ほうっておけばいい。のんびりとそんなものを受け取っている場合じゃない」

インターホンに出た八重子が、相手と言葉を交わした後で、昭夫を振り返った。困惑した顔になっていた。

「あなた、春美さんが……」

「春美が？」

なぜこんな時に、と昭夫は思った。

すると松宮が静かにいった。

「加賀刑事が一緒のはずです。入ってもらってください」

25

平静を装(よそお)いつつ、じつは松宮は興奮していた。ペンを持つ手の内側は、滲んだ汗で濡れていた。

小林との電話の後、前原直巳のアリバイを確認してほしいと加賀に頼まれた。

「両親は拒むだろうが、そんなものは無視していい。あまり頑(かたく)なな態度をとったら、君が直接部屋に乗り込むといえばいいんだ。直巳が出てきたら、徹底的に細かく追及してほしい。昨日の話ではゲームセンターに行っていたということだったが、どこのゲームセンターか、どんなゲームをして遊んだか、何か印象的な出来事はなかったか、ということまで訊くんだ。相手が怒り出すくらいしつこくやっていい。たぶんそんなことはないと思うがね。それから、パソコンを持っているかどうかもさりげなく確認してくれ」

どうやら加賀は前原直巳を疑っているようだ。しかしなぜそう思ったのかは松宮に話してくれなかった。

それだけのことを松宮に指示すると、自分は田島春美に会いに行く、と加賀はいったのだった。

何のために、と松宮は訊いた。

「事件を彼等自身の手で解決させるためだ」それが加賀の返答だった。

その彼が戻ってきた。しかも春美と一緒らしい。一体これから何が始まるのか、松宮にも予想がつかなかった。

玄関に出て行ったはずの八重子が暗い顔で戻ってきた。

「あなた、春美さんよ」

うん、と前原昭夫は頷く。やがて八重子の後ろから、悲愴な表情の田島春美が現れた。その後ろには加賀がいた。

「あの……どうして妹を？」前原が加賀に訊いた。

「おかあさんのことを一番よく御存じなのは妹さんでしょう」加賀はいった。「だから来ていただいたのです。事情はすべてお話ししました」

「……そうでしたか」前原は気まずそうな顔で妹を見上げた。「驚いたと思うが、そういうことなんだ」

「おかあさんは？」春美は訊いた。

「奥の部屋にいる」

そう、と呟いてから春美は深呼吸をひとつした。

「母に会ってきてもいいですか」

「いいですよ。行ってあげてください」

加賀にいわれ、春美は部屋を出ていった。前原夫妻がそれを見送った。

「松宮刑事」加賀が松宮のほうに首を捻った。「息子さんから話は？」

「聞きました」

「金曜の行動は？」

「ゲーセンとかに行って、夜八時頃まで帰らなかったそうです」そういってから松宮は加賀の耳元で囁いた。「パソコンは持っているそうだ」

加賀は満足そうに頷くと、前原夫妻を交互に見た。

「間もなく応援の捜査員がやってきます。支度をしてください」

この言葉に松宮も驚いた。

「本部に連絡を？」小声で訊いた。

「ここへ来る途中、電話をかけた。ただ、こっちから連絡するまでは近くで待機してくれるようにいっておいた」

彼の狙いがわからず、松宮は困惑した。すると加賀はその心中を察したように、意味ありげな目線を送ってきた。すべて任せてくれ——そう語っているようだった。

「あのう、母は逮捕されるわけですか」前原が尋ねてきた。

「もちろんです」加賀は答えた。「殺人は最悪の犯罪ですから」

「でもああいう状態なんですよ。自分では何をやったかわかってないんです。そういうのは責任能力がないとみなされるんじゃないんですか」

「もちろん、精神鑑定のようなことは行われるでしょうね。しかしその結果を検察がどう判断するかは我々にはわかりません。警察の仕事は、犯人を逮捕することです。その人物に責任能力があるかどうかは関係がありません」

「すると裁判では無罪になるかもしれないわけですね」

「無罪という表現がいいのかどうかはわかりません。それ以前に不起訴になる可能性もあります。ただ、我々には何ともいえません。検察の決めることです。起訴になった場合でも、裁判官の判断に委ねるしかありません」

「何とか」前原はいった。「あまり辛い思いをしなくて済むようにならないものでしょうか。留置所とか、そういうところはちょっと無理だと思うんです。あのとおりの状態ですし、元々高齢ですし……」

「そういうことは上が判断するでしょう。ただ、私の経験からいえば、余程のことがないかぎり例外は認められません。あの方は自分でトイレも出来るようだし、食事も問題がなさそうだ。留置所だけでなく拘置所も、ほかの被疑者と同様に扱われるんじゃないかと思います」

「拘置所にも……入らなきゃいけないんですか」

「起訴された場合です。あなた方お二人は、間違いなく入ることになるでしょう」

「いや、私たちは覚悟していますが……」

「そう、高齢のあの方には少し辛いでしょうね。かなり、といったほうがいいかな」

加賀は続けた。「部屋は決して奇麗とはいえない。トイレはむき出し。夏は暑く、冬は寒い。食べ物は粗末で、うまくない。私物の持ち込みは許可を得ないかぎり不可能。おかあさんの好きな人形もおそらく認められない。狭くて、孤独で、退屈な日々が延々と続く」そこまでいってから彼は肩をすくめた。「まあ、それらの苦痛をどこまで自覚されるかは我々にはわからないわけですが」

前原昭夫は苦しげに顔を歪め、唇をかんだ。そういった生活を自分がしなければならないと思ったからか、老いた母親のことを案じたからかは松宮にはわからなかった。

「前原さん」加賀が静かに呼びかけた。「それで本当にいいんですね」

不意をつかれたように前原の身体がぴくりと動いた。彼は青ざめた顔を加賀に向けた。耳から首筋にかけての部分だけが赤くなっていた。

「どういう意味ですか」

「単なる確認です。おかあさんには自分の行動を説明する能力がない。だから代わりにあなた方がそれをおやりになった。その結果、おかあさんは殺人犯となるわけです。それでいいのですね、と確かめているんです」

「いいのかと訊かれても、だってそれは」前原はしどろもどろになった。「仕方がないじゃないですか。隠したかったけれど、隠しきれなかったわけですし」

「そうですか。それなら結構」加賀は腕時計を見た。「支度はされなくてもいいのですか。しばらくここへは帰ってこられないと思いますが」

八重子が腰を浮かせた。

「着替えてきてもいいですか」

「どうぞ。御主人はどうされますか」

「いや、私はこのままでいいです」

八重子だけが出ていった。

「煙草を吸ってもいいですか」前原が訊いた。

どうぞ、と加賀はいった。

前原はマイルドセブンをくわえ、使い捨てライターで火をつけた。せわしなく煙を吐くが、その顔は少しもうまそうではなかった。

「今、どういうお気持ちですか」加賀は前原の正面に座り直した。

「そりゃあ、やるせないですよ。これまで築き上げてきたものを全部失うのかと思うと」

「おかあさんに対してはどうですか」

「母に対して……ですか。さあ、どうなのかな」前原は煙を深く吸い込み、しばらく止めてからゆっくりと吐き出した。「あんなふうになってからは、あまり親という感じはしなくなっていたんです。向こうも私のことがよくわからないみたいだし。親子といっても、結局こういうものなのかなあなんて思ったりします」

「聞くところによると、おとうさんも認知症だったとか」

「そうです」

「世話はどなたが？」

「母がやっていました。その頃はまともでしたから」

「なるほど。すると、おかあさんはかなり苦労されたでしょうね」

「だと思います。父が亡くなった時にはほっとしたんじゃないですかね」

すると加賀は一呼吸置いてから、「そう思いますか」と訊いた。

「ええ。だって、相当大変だったみたいですから」

加賀は頷かず、なぜか松宮のほうをちらりと見てから前原に目を戻した。

「長年連れ添った夫婦というのは、傍(はた)では理解できないような絆(きずな)で結ばれているものです。だからこそ、過酷な介護生活にも耐えられるわけです。逃げだしたいと思うこともあるでしょうし、早く逝ってくれないかと考えることだってあると思います。でもね、実際にその時になってみると、必ずしもほっとするだけではないようです。介護生活から解放されると、今度は強烈な自己嫌悪に襲われることもあるそうです」

「……といいますと」

「もっと何とかできたんじゃないかとか、あんな最期を迎えさせてかわいそうだったとか、自分を責めるんだそうです。ついにはそれが原因で病気になったりもする」

「うちの母も、それが原因であんなふうになったとおっしゃりたいわけですか」

「それはわからない。ただいえることは、老人の内面は極めて複雑だということです。自分の死を意識しているからこそ余計にね。そんな老人に対して我々が出来ることといえば、彼等の意思を尊重するぐらいしかない。どんなに馬鹿げて見えることでも、本人にとっては大事なことだったりするんです」

「私は……母の意思を尊重してきたつもりです。意思といえるものが、今の母にあるのかどうかはわかりませんが」

そう話す前原の顔を、加賀はじっと見つめていた。その口元が緩んだ。

「そうですか。それなら結構です。つまらないことを話しました」

いいえ、といって前原は煙草を灰皿の中でもみ消した。

腕時計を見て、加賀は立ち上がった。

「では、おかあさんを連れ出すのを手伝っていただけますか」

わかりました、といって前原も腰を上げた。

加賀は松宮を振り返り、ついてこい、というように頷いてきた。

奥の部屋に行くと、入り口に近いところに春美が座っていた。彼女は何もいわず、縁側にいる母親に目を向けていた。政恵は背中を丸め、うずくまっている。相変わらず、石のように動かなかった。

「おかあさんを連れ出したいのですが」加賀が春美の背中にいった。

はい、と小さく答えて彼女は立ち上がった。政恵に近づこうとする。

「その前に」加賀はいった。「おかあさんが大切にされているもの、これがあれば気が休まるといったものがあれば、出していただけますか。拘置所まで持っていけるよう交渉してみますから」

春美は頷くと、部屋の中をさっと見渡した。すぐに思いついたことがあったらしく、小さな茶簞笥に近寄った。そこの戸を開け、中から本のようなものを抜き取った。

「これ、いいですか」彼女は加賀に訊いた。

「ちょっと拝見」加賀はそれを開くと、前原のほうに差し出した。「おかあさんの宝物はこれだそうです」

前原が一瞬ぶるると身体を震わせるのを松宮は目撃した。加賀が差し出したものは、小さなアルバムだった。

26

そのアルバムは、昭夫が何十年も目にしなかったものだ。古い写真が貼られていることは知っている。最後に見たのは、おそらく中学生ぐらいだろう。それ以降は、自分の写真は彼自身が整理するようになったからだ。

加賀に見せられた頁には、若かりし頃の政恵と、少年だった昭夫が並んで写っている写真が貼ってあった。少年の昭夫は野球帽をかぶっている。手には黒くて細長い筒を持っていた。

小学校の卒業式だ、とすぐにわかった。政恵が来てくれたのだ。彼女は笑いながら右手で息子の手を握り、もう一方の手を軽く上げている。その手には小さな札（ふだ）のようなものが持たれている。何なのかはよくわからない。

こみ上げてくるものがあった。

認知症になりながらも、今も政恵は息子との思い出を大切にしているのだ。懸命に子育てをしていた時の記憶が、彼女を癒（いや）す最良の薬なのだ。

そんな母親を自分は刑務所に入れようとしている——。

実際に彼女が罪を犯したのなら仕方がない。しかし彼女は何もしていないのだ。一人息子の直巳を守るため、といえば聞こえはいいが、結局のところ、そうしたほうが自分たちの未来に傷が残らないというエゴイスティックな計算が働いている。

いくらぼけているからといって、母親に罪をなすりつけるなど、到底人間のすることではない。

だが彼は差し出されたアルバムを押し戻した。さらに、今にも涙があふれそうになるのを必死でこらえた。

「もういいんですか」加賀が訊いてきた。「おかあさんがこれを拘置所に持っていけば、あなたはもう見られなくなるんですよ。もう少し、じっくりと御覧になられたらどうですか。我々は急ぎませんから」

「いえ、結構です。見ると辛いだけだし」

「そうですか」

加賀はアルバムを閉じ、春美に渡した。

この刑事は――昭夫は思った。おそらくすべてを見抜いているのだ。犯人がこの老婆ではなく、二階にいる中学生だと勘付いている。そこで何とか真実を吐露させたいと、あの手この手で老婆の一人息子に心理的な圧力をかけてきているのだ。

こんな姑息な手に負けてはならないと彼は自分にいいきかせた。刑事がこういう手段に出るということは、何も確証がないからなのだ。ほかに攻め手が見つからないから、心情に訴えかけようとしているのだ。つまり、このまま押し通せばいいということになる。

ぐらつくな、負けるな——。

誰かの携帯電話が鳴りだした。松宮が上着のポケットに手を突っ込み、それを取り出した。

「松宮です。……あ、はい、わかりました」さらに二言三言話した後、彼は電話を切り、加賀にいった。「主任たちの車が着いたようです。玄関の前にいるそうです」

了解、と加賀は答えた。

ちょうどその時、廊下から八重子の声がした。

「支度が終わりましたけど」

彼女はシャツの上からセーターを着ていた。下はジーンズだった。自分なりに楽な服装を選んだようだ。

「息子さんはどうされますか」加賀が昭夫に訊いてきた。「しばらくお一人なわけですが」

「ああ……そうですね。——春美」昭夫は妹に声をかけた。「すまないが、直巳のこと、頼んでもいいかな」

春美はアルバムを抱えたまま黙っていたが、やがて小さく頷いた。「わかった」

すまん、と昭夫はもう一度詫びた。

「では田島さん、おかあさんを連れていきたいと思いますが」

はい、といって春美は政恵の肩に手をかけた。

「マーちゃん、行くわよ。立って」

促され、政恵はもぞもぞと動きだした。春美に支えられながら立ち上がり、昭夫たちのほうを向いた。

「松宮刑事」加賀がいった。「容疑者に手錠を」

えっ、と松宮は声を漏らした。

「手錠を」加賀は繰り返した。「持ってないのなら、俺がかけるが」

「いや、大丈夫だけど」松宮は手錠を出してきた。

「待ってください。何も、こんな婆さんに手錠なんかかけなくたって」昭夫は思わずいった。

「形だけです」

「そうはいっても――」そういいながら昭夫は政恵の手を見て、思わず息を呑んだ。

彼女の指先が真っ赤だったからだ。

「それは……なんだ」昭夫は母親の指先を見つめて呟いた。

「昨日、話したでしょ」春美が答えた。「お化粧ごっこの跡よ。口紅を悪戯したみたいね」

「ああ……」

昭夫の脳裏に、もう一つの赤い指が浮かび上がった。それは何年も前に見た、亡き章一郎の手だった。

「いいですか」松宮が手錠を持ったまま昭夫に訊いてきた。

彼は小さく頷いた。政恵の手を見ているのが辛くなった。

松宮の手錠が政恵の手首にかかりかけた時だった。ちょっと待った、と加賀がいった。

「外出するには杖がいるんじゃないですか」

「あ……そうです」春美が答える。

「手錠をしたままだと杖を使えないかもしれないな。杖はどこにありますか」

「玄関の靴箱の中に傘と一緒にしまってあるはずです。お兄さん、持ってきてくれる?」

わかった、といって昭夫は部屋を出た。薄暗い廊下を進んでいく。

玄関の靴脱ぎの隅に靴箱が置いてある。その端に細長い扉がついていて、中が傘入れになっているのだ。ふだん使う傘は外に出しっぱなしなので、あまりこの扉を開けたことはない。政恵が使っているという杖も、よく見たことがなかった。扉を開けると、数本の傘に混じって、杖が入っているのがわかった。取っ手がグレーで、長さは女性用の傘程度だ。

それを取り出した時、ちりんちりんと鈴が鳴った。いつもの鈴の音だ。

昭夫は杖を手に、政恵の部屋に戻った。春美が風呂敷を広げ、そこに政恵の身の回り品や先程のアルバムをまとめているところだった。二人の刑事と八重子は立ったままその様子を眺めている。

「杖はありましたか」加賀が尋ねてきた。

昭夫は黙って差し出した。

加賀はそれを春美に手渡した。「では、行きましょうか」

春美は杖を政恵に持たせた。「ほら、マーちゃんの杖よ。しっかり持ちましょうね」声が涙で揺れていた。

政恵は表情を変えず、春美に促されるままに足を踏み出した。部屋を出て、廊下を歩き始めた。その姿を昭夫は見送った。

ちりんちりん――杖の鈴が鳴った。

昭夫の目が、その鈴に向いた。鈴には札がついていた。前原政恵、と下手な字が彫ってあった。彫刻刀による手作りの品だ。

それを見た瞬間、激しい心の揺れが昭夫を襲った。息が止まりそうになった。その名札は、さっきアルバムで見たものだった。写真の中の政恵が手にしていたものだ。

彼は突然思い出した。小学校を卒業する直前、図画工作の授業で名札を作ったのだ。中学に上がってから、自分の持ち物に付けられるように、という主旨だったが、お世話になった人への贈り物でもいい、と教師はいった。それで昭夫は母親の名前を刻んだのだ。近所の文具店で鈴を買い、紐で繋いでから政恵にプレゼントした。

政恵はそれを何十年経った今も大切に持っていた。持っていただけでなく、ふだん自分が頻繁に使うものに取り付けた。認知症になる前のことだ。

それほど彼女にとってこの札はうれしいものだったのだ。息子からの初めてのプレゼントだったからかもしれない。

心の揺れはおさまりそうになかった。共鳴を起こすように、それはますます大きくなっていった。昭夫の中の何かが、壊れないように懸命に支えてきた何かが、音をたてて崩れ始めた。

足の力が抜けた。彼はその場にしゃがみこんだ。

「どうされました？」彼の異変に気づいた加賀がそばにきた。

もはや限界だった。昭夫の目からは涙が溢れ出した。心の防波堤は壊れていた。

「すみません。どうも……申し訳ございません」彼は畳に頭をこすりつけた。「嘘なんです。全部嘘なんです。母がやったというのは作り話です。母は犯人なんかじゃありません」

27

彼の叫びに対して声を発する者はいなかった。驚きのあまり絶句しているのに相違なかった。彼はゆっくりと顔を上げた。まず八重子と目があった。彼女も座り込んでいた。苦しげに顔を歪め、絶望で目を暗くしていた。

「すまん。もう、無理だ」昭夫は妻にいった。「もう、やめさせてくれ。こんなこと、俺には無理だ。できない……」

八重子はがっくりと項垂れた。彼女自身も忍耐の限界だったのかもしれない。

「わかりました。では犯人は誰ですか」

そう訊いてきた加賀の口調があまりにも穏やかなものだったので、昭夫は刑事の顔を見返した。加賀は何ともいえぬ哀れみに満ちた目を向けていた。

やはりこの刑事は何もかも知っていたのだ、と思った。だから昭夫の告白にも驚いてはいないのだ。

「息子さん、ですね」

加賀の問いかけに昭夫は黙って頷いた。同時に八重子が、わっと泣きだした。突っ伏し、背中を震わせた。

「松宮刑事、二階に行ってってくれ」

「待ってください」八重子が顔を伏せたままでいった。「息子はあたしが……あたしが、連れて……」涙で言葉が途切れた。

「わかりました。ではお任せします」

八重子は頼りない足取りで部屋を出ていった。

加賀が昭夫の前で片膝をついた。

「よく正直に話してくださいました。あなたは大きな過ちを犯すところでしたね」

「やはり刑事さんは、はじめから我々の嘘を見抜いておられたんですね」

「いえ、電話で呼ばれた時点では、何もわかりませんでした。あなた方の自供を聞いた時も、矛盾は見つからなかった」

「ではどうして？」

すると加賀は政恵のほうを振り返った。

「あの赤い指です」

「あれが何か……」

「あれを見た時、この指はいつ塗られたのだろうと考えたのです。もし事件前から塗られていたのだとしたら、当然死体の首に赤い指の跡が残っていなければならない。おかあさんが手袋をはめたのは、事件の翌日ですからね。私がたまたまその場に居合わせたので、それは間違いない。でも死体に赤い指の跡などはありませんでした。あなたの話の中にも、そういうものを消したという内容は出てきませんでした。すると指を塗ったのは事件の後ということになる。ところが、おかあさんがその際に使ったはずの口紅が見当たらない。この部屋のどこにもないのです」

「口紅は、そりゃあきっと八重子の……」

そういってから昭夫は、その可能性がないことに気づいた。

「奥さんの鏡台は二階にある。おかあさんは階段を上がれないんでしたね」

「じゃあ、どこに？」

「この家にないとすれば、どこにあるのか。誰かが持ち出したとしか考えられない。それは誰か。そこで妹さんに確認してみたのです。最近、おかあさんが使った可能性のある口紅を知らないか、とね。——田島さん、例のものを見せてください」

春美はハンドバッグを開け、中からビニール袋を取り出した。そこには一本の口紅が入っていた。

「あれが、その口紅です。色を確認しましたが、間違いないようです。詳しく成分を調べれば、さらにはっきりするでしょう」

「どうしておまえが持っているんだ?」昭夫は春美に訊いた。

「前原さん、問題はそこです」加賀はいった。「田島さんがちょっと目を離した隙に、おかあさんが田島さんの口紅で悪戯をしたこと自体は不思議でも何でもない。奇妙なのは、その口紅を現在田島さんが持っているという点なんです。――田島さん、今日以前であなたが最後におかあさんに会ったのはいつですか」

「……木曜の夜です」

「なるほど。つまりその口紅は、それ以後、この家にはなかったということになる。前原さん、これがどういうことかわかりますね」

「わかります」昭夫はいった。「母が指を赤く塗ったのは木曜の夜、ということですね」

「そういうことになるでしょうね。となれば、おかあさんが犯人だとするあなたの話と矛盾してくる。何度もいうように、死体に赤い指の痕跡はなかったのです」

昭夫は爪が掌に突き刺さりそうなほど強く拳を固めた。

「そういうことか……」

虚しさが彼の全身を包んでいった。

28

松宮は言葉を失っていた。廊下で立ち尽くしたまま、加賀と前原昭夫のやりとりを聞いていた。

何という愚かで浅はかな犯罪だろうと思った。自分の息子を守るためとはいえ、年老いた母親を犯人に仕立て上げるとは、松宮には理解できない発想だった。それでも前原が最後の最後になって告白してくれたことは唯一の救いだった。

しかし加賀は、赤い指に気づいていながら、なぜその時に指摘しなかったのか。そうしていれば、もっと早くに真相を明らかに出来たはずなのだ。

「なんでだよ。警察には行かなくていいっていったじゃねえか」階段の上から声が聞こえた。直巳の声だ。

「だからね、もうだめなの。全部わかっちゃったから……」八重子が泣いている。

「知らねえよ。なんでだよ。俺、いうとおりにしたじゃねえか」

がん、と何かのぶつかる音がした。あっ、という叫び声が聞こえた。

「てめえらのせいだろ。てめえらのせいだからな」直巳が喚いている。

「ごめんなさい、ごめんなさい」

どうしようかと松宮が思った時だった。加賀が大股で廊下を歩き、階段を駆け上がっていった。

何だよう、という悲鳴に似た直巳の声がした。それからすぐ、加賀が下りてきた。彼は少年の襟首（えりくび）を掴んでいた。階段を下りきると、その腕を振った。直巳は床に転がった。

「松宮刑事、この馬鹿餓鬼（がき）を連行してくれ」

了解、といって松宮は直巳の腕を掴んだ。直巳はすでに泣いていた。小学生のように涙で顔をぐしゃぐしゃにし、ひいひいと喉を鳴らした。

「来るんだ」松宮は腕を引っ張り上げるようにして直巳を立たせ、玄関に向かった。

「あたしも……」後ろから八重子が追ってきた。

玄関のドアを開けた。門の外に小林や坂上の姿があった。彼等は松宮たちに気づくと、門扉を開けて入ってきた。

「ええと、状況を説明しますと……」

小林は手を振った。

「加賀君から話は聞いている。ご苦労だったな」

彼は部下を呼び、直巳と八重子の身柄を任せた。それを見送った後、改めて松宮を見た。

「春日井家のパソコンを調べたところ、消去されたメールの中に、事件当日に受け取っているものがあった。父親は覚えがないそうだから、おそらく被害者の女の子が受けたのだろう。写真だけのメールで、『スーパープリンセス』とかいうアニメの人形が大量に写っていた」

「差出人はわかっているんですか」

「フリーメールで本名は不明だ。しかし確認できるんじゃないのか」小林は前原家の二階を指差した。

「たしかに前原直巳はパソコンを持っています」

「被害者はメールの写真を見て、どこかに出かけた。差出人を知っていて、会いに行った可能性がある」

「直巳のパソコンを押収しますか」松宮は訊いた。

「その必要はあるが、まだあわてなくていい。逮捕しなきゃいけない人間が、中にもう一人いるんだろ？」

「死体遺棄の主犯は前原昭夫です。今、加賀刑事と話しています」

「だったら、ここはもういいからすぐに行け。加賀君の話をよく聞いておくんだ」

「話を？」

「大事なのはここから先だ」小林は松宮の肩に手を置いた。「ある意味、事件よりも大切なことだ」

29

松宮が戻ってきて、外にいる捜査員たちに直巳と八重子の身柄を引き渡したことを加賀に伝えた。昭夫は項垂れたままでそのやりとりを聞いた。

政恵は再び縁側で座っている。春美も隣に付き添っている。何分か前の光景に戻っていた。しかしその短い時間に、この家のすべてが逆転してしまった。

昭夫はゆっくりと立ち上がった。身体が鉛のように重かった。

「私もそろそろ行かなければ」

「何かいい残すことはないんですか」加賀は訊いた。「おかあさんと妹さんに」

昭夫は首を振り、足元の畳を見つめた。

「まさか、母親があんなことをしているとは思いませんでした。お化粧ごっことはねえ。昨日、妹からそんな話を聞かされてたんですが、まるで気にしていなかった。それが命取りになるとはね」自嘲の笑みを漏らした。

春美の近づく気配があった。昭夫は顔を上げた。彼女は唇を嚙んでいた。頬には涙が伝っている。充血した目が大きく見開かれた直後、彼は頬に衝撃を受けていた。何が起きたのか、すぐにはわからなかった。自分の頬が熱くなっていくのを感じ、ひっぱたかれたのだと自覚した。

「すまない」頬の痺れを感じつつ、彼は頭を下げた。「こんなことになって……」

春美は大きく首を横に振った。

「お兄さんが謝る相手はあたしじゃないでしょ」

「えっ……」

「前原さん」加賀が春美の横に立った。「あなたには、まだ本当のものが何ひとつ見えていないようですね」

「本当のもの？」

「最後の最後になって、あなたが過ちに気づいてくれてよかったと思います。でもね、あなたは肝心なことを知らない」そういうと加賀はビニール袋に入った口紅を見せた。「私は先程妹さんに会いに行った時、次のようにお願いしたんです。あなたが隠していることは、私がいいというまでは決して口にしないでください、とね」

「隠していることって……」

「私はさっき、少し嘘をいいました。口紅については、正確にいうと、妹さんにこのように訊いたのです。おかあさんから口紅を預かっていませんか、とね。預かっているということだったので、ではそれを持ってきてくださいと頼んだのです」

加賀のいっていることの意味がよくわからず、昭夫は困惑して春美を見た。

彼女はいった。

「あの口紅は、あたしのものじゃないのよ。おかあさんが前から持っていたものなの」

「お袋の？　だけど、おまえが持っていたんだろ」

「昨日、この家の庭で拾ったのよ」

「庭で？」

「電話があって、庭の植木鉢の下に口紅を隠しておくから取りに来てほしい、そうしてしばらく預かってほしいって。わけはいずれわかるだろうから、とにかくいうとおりにしてほしいということだった」

「えっ、どういうことだ」昭夫は混乱し始めていた。「電話って、誰から？」

「ケータイ、持ってるのよ。あたしが買ってあげたの」

「ケータイ？」

春美は悲しそうに眉根を寄せた。

「まだわからないの？」

「何が――」そういった時、ある直感が昭夫の頭に閃（ひらめ）いた。

だが次の瞬間、彼はそれを否定しようとした。あまりにも信じがたいことだったからだ。しかしすべての状況は、その考えを受け入れよと彼に求めていた。

「まさか」彼は縁側に目を向けた。

政恵は先程までと同じ格好でうずくまっていた。置物のように動かなかった。

まさか、と彼はもう一度呟いた。

辻褄は合う、と思った。息子夫婦の企(たくら)みを知り、彼女は計略を破綻(はたん)させる方法を考えた。そこで思いついたのが、あの赤い指だ。警察は必ず、いつ塗ったのかを問題にする。口紅を春美に預けてしまえば、塗られたのは事件前だと判断される。つまり犯人は政恵ではありえない、となる。

しかしこの仮説が成立するためには、大きな前提が覆(くつがえ)されなければならない。

お袋はぼけてなどいないのか——。

昭夫は春美の顔を見た。彼女の唇は、何かを訴えるように震えていた。

「おまえ、知っていたのか」

春美はゆっくりと瞬きした。

「当たり前でしょ。あたしはいつも一緒にいるのよ」

「どうしてぼけたふりなんか……」

すると春美はゆらゆらと頭を振り、哀れみを込めたような目で昭夫を見た。

「お兄さん、こんなことになっても、まだその理由がわからないの？　そんなことないでしょ」

昭夫は沈黙した。彼女の指摘は的を射ていた。彼にはすでに答えがわかっていた。

この家に越してきてからのことが脳裏に蘇った。八重子の冷淡な振る舞い。それにひきずられるように昭夫も老いた母親を疎ましく思うようになった。そんな両親を見て、息子がまともに育つはずがない。直巳は祖母のことを、何か汚いもののように扱っていた。昭夫も八重子も、それを注意しなかった。

それだけではない。この家の住人たちの間には、心の繋がりというものが全くなかった。家族らしい暖かみなど、ここには存在しなかった。

そんな状況に政恵は絶望したのだ。その結果彼女が選んだ道は、自分だけの世界を作り、その中には家族たちを入れないというものだった。唯一、それが許されたのが春美だった。おそらく政恵は彼女といる時が一番幸せだったに違いない。

ところが昭夫たちは、政恵のその演技を見破れなかった。それだけでなく、その演技を利用しようとした。昭夫は、政恵を前にして八重子と話し合っていた時のことを思い出した。

「大丈夫よ、これだけぼけてるんだから、警察だって詳しいことを調べようがない。家族であるあたしたちが証言すれば、それを信用するしかないじゃない」

「問題は、ぼけ老人がなぜ女の子を殺したかってことだ」

「ぼけてるんだから、何をするかわからないわよ。そうだ、おかあさんは人形が好きだから、人形を壊すようなつもりで殺しちゃったってことにしたらどうかしら」

「罪はそう重くないはずだよな」

「罪になんて問われないんじゃないかしら。精神鑑定というのがあるじゃない。あれをしてもらえば、この婆さんがまともじゃないってことはわかるはずよ」

あの会話を、政恵はどんな思いで聞いていたのだろう。その後もぼけたふりをしていた彼女の胸の内には、どんな怒りと悲しみと情けなさが渦巻いていたことだろう。

「前原さん」加賀がいった。「おかあさんは、あなた方が間違った選択をしないよう、無言で信号を送り続けていたんです。最初に手袋をはめた時のことを覚えていますね。あの手袋には異臭が染みついていました。ここが犯行現場だとおかあさんは私に知らせてくれたのです。ところが我々があなた方を疑い始めると、あなた方は新たな過ちを重ねようとした。そこでおかあさんは赤い指の仕掛けをすることにしたんです」

「私を罠（わな）にはめるために……ですか」

「そうではない」加賀は厳しい口調でいった。「どこの世界に息子を罠にはめようとする母親がいますか。あなたに思いとどまってもらうために、です」

「お兄さん、昨日、あたしがいったでしょ。おかあさんは最近お化粧ごっこをするって。もちろんおかあさんにそんな癖なんてない。あれもおかあさんからの指示だったの。どうしてそんなことをいわなきゃいけないのか、あの時にはさっぱりわからなかった。でも、今はわかる。あの話を聞けば、きっとお兄さんはおかあさんの手を調べる。指に口紅が塗られていることに気づけば、お兄さんとしては拭き取らなきゃいけない。その時におかあさんは抵抗するつもりだったのよ。ぼけたふりを続けたままでお兄さんに計画を断念させるには、それしか方法がない。おかあさんはそう考えたのよ」

昭夫は手で額を押さえた。

「そんなこと……考えもしなかった」

「あなた方は自分で仕掛けた罠に自分ではまったのです」加賀は静かにいった。「妹さんに会い、話し合いました。私は、あなたに目を覚ましてほしかった。我々がおかあさんを警察に連れていく前に、自ら計画を断念してほしかった。それがおかあさんの願いでもあるからです。おかあさんはその気になればいつでも計画を阻止できた。認知症が演技であることをあなた方に告白するだけでよかった。それをしないのは、一縷の望みをあなたにかけていたからです。我々はその思いを尊重したかった。どうすればあなたの目を覚まさせられるか、妹さんと二人で考えました。妹さんはいいました。おかあさんの杖を見せたらどうだろう、と」

「杖……」

「おわかりですね。あの鈴のついた名札です。おかあさんがあれを大切にしていたことを妹さんも御存じだったのです。アルバムと杖、この二つを見ても何も感じないのなら、もう仕方がない、というのが妹さんの意見でした。あなたが杖をおかあさんに渡した時、正直いって私は諦めました。でも、よく思いとどまってくださった。あなたが謝罪する声は、おかあさんの耳にも届いているわけですから」

「加賀さん……あなたはいつ母がぼけてないことに……」

「無論、赤い指先を見た時です」加賀は即座に答えた。「なぜ指先を赤く塗ったのだろう、いつ塗ったのだろうと思い、おかあさんの顔を見た時です。その時、目が合いました」

「目が……」

「おかあさんの目は、しっかりと私を見ていました。何かを語りかけてくるのがわかりました。あれは何も考えていない人間の目ではなかった。前原さん、あなたはおかあさんの目を真剣に見つめたことがありますか」

加賀の言葉の一つ一つが、重い塊（かたまり）となって昭夫の心に沈んでいった。その重みに耐えきれず、彼はその場にしゃがみこんだ。畳に両手をつき、縁側を見た。

政恵は動かず、庭のほうを向いていた。しかしこの時になって昭夫は初めて気づいた。年老いた母親の丸い背中は、小刻みに震えていた。

昭夫はそのまま突っ伏し、畳に額をこすりつけた。涙がとめどなく溢れた。

古い畳の匂いがした。

30

前原直巳の取り調べは小林が行った。松宮もそれに立ち会った。直巳は終始怯えた様子で、時には涙を浮かべたりしながら、質問に答えた。

「春日井優菜ちゃんと会ったのはいつ？」

「あの日です。学校の帰りに会いました」

「君から声をかけたのか」

「優菜ちゃんのほうです。僕が鞄に『スーパープリンセス』のキーホルダーをつけているのを見て、どこで買ったのって訊いてきたんです」

「教えてやったのか」

「秋葉原で買ったと教えてやりました」

「その後は？」

「優菜ちゃんはフィギュアのことなんかをいろいろと訊いてきました。あの子はインターネットでファンサイトなんかも見ているらしくて、びっくりしました」

「どこで話していたんだ」

「うちのそばの道端です」

「それで君はフィギュアを見せてやるといったのか」

「僕がフィギュアならいっぱい持っているといったら、優菜ちゃんは、自分もたくさん持っているけど、僕がどんなのを持っているか見たいといいました」

「見せる約束をしたのかね」

「優菜ちゃんはおとうさんのパソコンに画像を送ってほしいというので、送ると約束しました。アドレスは優菜ちゃんの名札の裏に書いてありました。もし、自分の持っていないフィギュアがあれば見に来るというので、家を教えてやりました」

「すぐに写真を送ったのか」

「家に帰った後、デジカメでフィギュアを撮って、パソコンで送りました」

「優菜ちゃんはすぐに来たのか」

「五時半頃に来ました」

「君は家に一人だったのか」

「お婆さんが奥にいますけど、めったに部屋から出てきません」

「優菜ちゃんにフィギュアを見せたのか」

「見せました」

「どこで？」

「家のダイニングで、です」

ここまでの質問では、比較的よどみなく直巳は答えた。口調もしっかりしていた。ところが次の質問を聞いた途端、彼の態度は一変した。

「なぜ優菜ちゃんの首を絞めたのか」

青ざめていた直巳の顔が、急激に紅潮した。目は吊り上がった。

わかんない、と彼は低く呟いた。

「わからないということはないだろ。何か理由があって首を絞めたんじゃないのか」

「帰るっていうから……」

「帰る？」

「フィギュアを見せてやったのに、帰りたいっていうから」

「それで首を絞めたのか」

「……わかんない」

この後は何を訊いても、口を固く結んだままだった。脅しても、すかしても無駄だった。たまりかねたように小林が怒鳴ると、凍り付いたように身体を硬くした。それだけでなく、小刻みに痙攣を始めた。

しばらく頭を冷やさせようと取調室から出そうとした時、ようやく口を開いた。

「……親が悪いんだ」

31

心拍数を示す数値が七十の付近を行ったりきたりしていた。松宮は脂の浮いた顔をこすり、隆正を見た。酸素吸入マスクの下の顔は、ぴくりとも動かない。

克子は松宮の向かい側に座っていた。その顔には疲れの色が出ていたが、恩のある実兄の最期をしっかりと見届けたいと思っているのか、その目には真剣な光が宿っていた。

しょっちゅう看病に来ていた克子によれば、ここ数日、隆正はしきりに眠気を訴えていたらしい。あまりに眠ってばかりなので、時間の感覚もずれているようだ、ということも話していた。

一昨日の夜、隆正は克子に、「もういいから帰れ。一人でいいから」といって眠りについた。それが彼の最後の言葉となりそうだった。以後、一度も目を覚まさない。あわてて駆けつけた松宮がどんなに耳元で呼びかけてみても反応がない。

来るべき時が来たのだと医師からは説明された。ただ生かすだけの延命措置は講じないということは、以前に病院側と取り決めてあった。

こんなことになるのなら、もっと早くに来ればよかった、と彼は悔いていた。考えてみれば、銀杏公園の死体遺棄事件の初日に見舞いに来たのが最後だった。あの時、加賀と組んだことを話さなかった。その後も事件解決の模様を伝えることはできなかった。何かと忙しく、時間がとれなかったからだ。

前原家での出来事を話せば、隆正はどんなに興味深く聞いてくれただろう。加賀の慧眼ぶりや、そんな名刑事の従兄と組めて松宮がいかに幸運に思っているかなどを知れば、きっと喜んだに違いないのだ。

あっ、と克子が声を漏らした。彼女はモニターを見ていた。心拍数がまた少し下がっていた。六十をきればもう長くない、と医師からはいわれている。

松宮は吐息をつき、傍らのテーブルに目を向けた。そこには相変わらず将棋盤が置かれていた。前に見た時よりも駒の配置がまた少し変わったようだが、隆正が最後にどんな手を指したのかは不明だ。勝負がついているのかどうかさえ、松宮にはわからない。

彼は椅子から立ち上がった。頭をかきむしり、窓に近づいた。隆正の最期を見届けたいと思いつつ、それを待っているようで辛かった。

外はすでに明るくなり始めていた。松宮がやってきたのは昨夜の十二時近くで、もうかれこれ五時間が経とうとしていた。

　これから夜が明けようというのに、伯父さんの命のほうは——そんなことを考えながら外を何気なく見た時だった。彼の目が、病院の玄関脇に立っている一人の男を捉えた。

　人違いではないか、と一瞬思った。それほど意外な人物だった。

「恭さんがいる……」彼は呟いた。

　えっ、と克子が戸惑いの声をあげた。

「あれは恭さんだ」

　松宮は凝視した。黒い上着を羽織り、じっと佇んでいるのは加賀に違いなかった。

「でも、それならどうして入ってこないの？」

「わからない。俺、呼んでくるよ」

　松宮がドアに向かいかけた時、それが開いた。入ってきたのは白衣を着た若い医師と、看護師の金森登紀子だった。二人は松宮たちに頭を下げ、無言で隆正のベッドに近づいた。

　モニターの数値は別室でも見られるようになっている。彼等はそれを見て、やってきたに違いなかった。つまり、隆正の死が間近に迫っているということだ。

　兄さん、兄さん、と克子が呼び始めた。医師はベッドの脇に立ち、隆正の脈を確かめている。

心拍数がさらに下がった。タイマーのデジタル数字を見ているようだった。時と共に確実に減っていく。

どうして、と松宮は思った。どうして加賀はあんなところにいるのか。中に入ってこないのか。呼びに行きたいが、それでは隆正の死を見届けられない。

モニターの数値が四十を切った。そこからの降下はさらに速かった。みるみるうちに数字が減り、やがてはゼロになった。

はい、と小声で医師がいった。ご臨終です——事務的な口調だった。

金森登紀子が隆正のマスクを外し始めた。克子は兄の死に顔を見つめている。

松宮は病室を出た。隆正が死んだという実感がなかった。したがって、悲しくもなかった。ただ、自分にとって大事な時期が終わりを告げたという気はしていた。

一階に下り、正面玄関に向かった。ガラス扉を通して加賀の後ろ姿が見えた。

松宮は出ていき、声をかけた。「恭さん」

加賀はゆっくりと彼のほうを向いた。驚いた様子はなく、それどころかうっすらと笑顔を見せた。

「脩平君が病院を出てきたということは……すべて終わったっていうことかな」

うん、と松宮は頷いた。そうか、といって加賀は時計を見た。

「午前五時……か。苦しんだのか」

「いや、眠るみたいに静かに息を引き取った」

「それはよかった。署に休暇届を出さなきゃな」

「それよりこんなところで何してるんだ。どうして部屋に来なかったんだ」

「ちょっとした事情があるんだよ。くだらない事情だけどな」

行こうか、といって加賀は病院に入っていった。

病室の前まで行くと、克子が一人、ぽつんと座っていた。彼女は加賀を見て、目を見開いた。

「恭さん……外にいたの？」

「どうもいろいろとお世話になりました」加賀は頭を下げた。

「伯父さんは？」

「今、看護婦さんたちが遺体を奇麗にしてくださってるの。器具なんかも片づけるって」克子は息子と甥を交互に見ながらいった。

加賀は頷き、少し離れた椅子に腰を下ろした。松宮もその隣に座った。

「銀杏公園の事件だけどな、前原の婆さんは、どうしてぼけたふりをしていたと思う？」加賀が訊いてきた。

「それは……いろいろと理由があったんだろ」なぜ今こんなことを訊くんだろうと思

いながら松宮は答えた。

「たとえば？」

「だから、家族とまともに接するのがいやになったとか、そういうことじゃないのかな」

「それが主な理由だろうな。でも、それだけじゃないと思う」

「というと？」

「以前、こういう爺さんに会ったことがある。長年連れ添った奥さんに先立たれた後、彼女の荷物を整理していたら、無性にそれらを使いたくなったんだそうだ。ある日爺さんは、死んだ奥さんの服を着てみた。それだけでは物足りなくて、下着を身に着け、化粧もするようになった。それまではそんな趣味はなかったし、いわゆるトランス・ジェンダーというわけでもない。その証拠に、死んだ奥さんのもの以外だと、女物には全く興味がない。奥さんのものを身に着けていると、懐かしい気分になるのかと俺は訊いてみた。すると、そうじゃないと爺さんはいった。自分でもよくわからないけれど、こうしていると死ぬ間際の女房の気持ちを知れそうな気がするんだということだった」

加賀の話を聞いていて、松宮は、はっとした。

「前原の婆さんは、死んだ旦那の気持ちを知りたくてぼけたふりを？」

加賀は首を捻った。

「そこまではっきりとした意思があったかどうかはわからない。たぶん本人にもわからないんじゃないか。女装していた爺さんと一緒でさ。ぼけたふりをしたって、ぼけ老人の気持ちなんてわかるはずがないからな。ただ、自分がどんなふうにぼけた夫に接したか、客観的に振り返ることはできたかもしれない。忘れてならないのは、老人にだって、いや老人だからこそ消えない心の傷があったりするってことだ。それを癒す方法はそれぞれだ。周りの人間にはなかなか理解できないわけだがね。だけど大事なことは、理解できなくても尊重することだと俺は思う」

加賀は上着のポケットに手を入れると、一枚の写真を出してきた。古い写真で、三人の親子が写っている。松宮は息を呑んだ。

「これ、恭さんだね。伯父さんと、それから……」

「隣にいるのはお袋だ。俺が小学二年ぐらいだと思う。近所の公園で撮ったらしい。親子三人で写ってる写真はこれぐらいだ。棺桶に入れてやろうと思って持ってきた」

「恭さんのおかあさん……初めて見たよ」

三十代半ばといったところか。瓜実顔の、物静かな雰囲気のする女性だった。

「このお袋が死んだ時のこと、聞いてるか？」

「仙台のアパートで見つかったって……」

加賀は頷いた。

「独り暮らしだった。看取ってくれる人もなく、一人で死んでいった。親父はそのことをずっと気にしていた。死ぬ間際、どれほど一人息子に会いたかっただろうと思うと胸がしめつけられそうになるといってね。だから親父は決めたわけだ。自分も一人きりで死んでいこうとね。俺にはこういったよ。息を引き取るまで、絶対にそばに寄るなって」

「それで恭さんは……」松宮は加賀の顔を見つめた。

病室のドアが開き、金森登紀子が顔を出した。

「終わりました。どうぞ」

「顔でも見るか」加賀は立ち上がった。

隆正は目を閉じて横たわっていた。すべての苦悩から解放されたかのように穏やかな顔をしていた。

加賀はベッドの脇に立ち、父親の死に顔を見下ろした。

「満足そうだ」ぽつりといった。

それから彼は横のテーブルに載っている将棋盤に視線を移した。

「それ、伯父さんが最後まで取り組んでたよ」松宮はいった。「こちらの看護婦さんが相手をしてくれていたんだ」金森登紀子を見た。

するとと彼女はなぜか困惑した顔になり、加賀のほうに目を向けた。

「あの、もうお話ししてもいいんじゃないですか」

加賀は顎の下を掻いた。「ああ、そうかな」

「何ですか」松宮は金森登紀子に訊いた。

「将棋の相手をしていたのはあたしじゃないんです。あたしはメールでいただいた通りに駒を動かしていただけです」

「メールで？」

「それで加賀さんが……おとうさんのほうですけど、駒を動かされたら、それを今度はメールでお送りしていたんです」

誰に、と訊く前に松宮は気づいた。

「恭さんが相手だったのか」

加賀はふっと微苦笑した。

「一勝負に二ヵ月……いや、もう少しかかったかな。あとひと息ってところだったのにな」

松宮は言葉がなかった。加賀のことを薄情だと決めてかかっていたことを恥じた。彼は彼なりに、父親と繋がっていたかったのだ。

「あのう、これを」金森登紀子が右手を加賀のほうに出した。彼女の手には将棋の駒が載っていた。「これを握りしめておられました」

加賀はその駒を手に取った。「桂馬か」

「おとうさんはたぶん、将棋の相手をしているのが本当は誰なのか、御存じだったと思います」

金森登紀子の言葉に加賀は黙って頷いた。

「次は伯父さんの番だったのか」松宮は訊いた。

「ああ。で、おそらくここに置きたかったんだろう」加賀は将棋盤の上に駒を置いた。それから父親のほうを振り返り、こういって笑った。「見事に詰みだ。親父の勝ちだよ。よかったな」

本書は二〇〇六年七月に小社より刊行された作品です。

|著者| 東野圭吾　1958年、大阪府生まれ。大阪府立大学電気工学科卒業後、生産技術エンジニアとして会社勤めの傍ら、ミステリーを執筆。1985年『放課後』（講談社文庫）で第31回江戸川乱歩賞を受賞、専業作家に。1999年『秘密』（文春文庫）で第52回日本推理作家協会賞、2006年『容疑者Xの献身』（文春文庫）で第134回直木賞を受賞。近著に『新参者』『流星の絆』（ともに講談社）、『聖女の救済』（文藝春秋）、『パラドックス13』（毎日新聞社）などがある。

赤い指（あかいゆび）
東野圭吾（ひがしのけいご）
© Keigo Higashino 2009
2009年8月12日第1刷発行
2009年10月16日第8刷発行

講談社文庫
定価はカバーに
表示してあります

発行者——鈴木　哲
発行所——株式会社　講談社
東京都文京区音羽2-12-21　〒112-8001
電話　出版部（03）5395-3510
販売部（03）5395-5817
業務部（03）5395-3615
Printed in Japan

デザイン—菊地信義
本文データ制作—講談社プリプレス管理部
印刷———大日本印刷株式会社
製本———大日本印刷株式会社

落丁本・乱丁本は購入書店名を明記のうえ、小社業務部あてにお送りください。送料は小社負担にてお取替えします。なお、この本の内容についてのお問い合わせは文庫出版部あてにお願いいたします。

ISBN978-4-06-276444-5

講談社文庫刊行の辞

二十一世紀の到来を目睫に望みながら、われわれはいま、人類史上かつて例を見ない巨大な転換期をむかえようとしている。

世界も、日本も、激動の予兆に対する期待とおののきを内に蔵して、未知の時代に歩み入ろうとしている。このときにあたり、創業の人野間清治の「ナショナル・エデュケイター」への志を現代に甦らせようと意図して、われわれはここに古今の文芸作品はいうまでもなく、ひろく人文・社会・自然の諸科学から東西の名著を網羅する、新しい綜合文庫の発刊を決意した。

激動の転換期はまた断絶の時代である。われわれは戦後二十五年間の出版文化のありかたへの深い反省をこめて、この断絶の時代にあえて人間的な持続を求めようとする。いたずらに浮薄な商業主義のあだ花を追い求めることなく、長期にわたって良書に生命をあたえようとつとめるところにしか、今後の出版文化の真の繁栄はあり得ないと信じるからである。

同時にわれわれはこの綜合文庫の刊行を通じて、人文・社会・自然の諸科学が、結局人間の学にほかならないことを立証しようと願っている。かつて知識とは、「汝自身を知る」ことにつきていた。現代社会の瑣末な情報の氾濫のなかから、力強い知識の源泉を掘り起し、技術文明のただなかに、生きた人間の姿を復活させること。それこそわれわれの切なる希求である。

われわれは権威に盲従せず、俗流に媚びることなく、渾然一体となって日本の「草の根」をかたちづくる若く新しい世代の人々に、心をこめてこの新しい綜合文庫をおくり届けたい。それは知識の泉であるとともに感受性のふるさとであり、もっとも有機的に組織され、社会に開かれた万人のための大学をめざしている。大方の支援と協力を衷心より切望してやまない。

一九七一年七月

野間省一

講談社文庫 目録

平岩弓枝 青の伝説
平岩弓枝 青の回帰(上)(下)
平岩弓枝 青の背信
平岩弓枝 五人女捕物くらべ(上)(下)
平岩弓枝 はやぶさ新八御用帳(一)〈大奥の恋人〉
平岩弓枝 はやぶさ新八御用帳(二)〈江戸の海賊〉
平岩弓枝 はやぶさ新八御用帳(三)〈又右衛門の女房〉
平岩弓枝 はやぶさ新八御用帳(四)〈鬼勘の娘〉
平岩弓枝 はやぶさ新八御用帳(五)〈御守殿おたき〉
平岩弓枝 はやぶさ新八御用帳(六)〈春月の雛〉
平岩弓枝 はやぶさ新八御用帳(七)〈寒椿の寺〉
平岩弓枝 はやぶさ新八御用帳(八)〈春怨 根津権現〉
平岩弓枝 はやぶさ新八御用帳(九)〈王子稲荷の女〉
平岩弓枝 はやぶさ新八御用帳(十)〈幽霊屋敷の女〉
平岩弓枝 はやぶさ新八御用旅(一)〈東海道五十三次〉
平岩弓枝 はやぶさ新八御用旅(二)〈中仙道六十九次〉
平岩弓枝 はやぶさ新八御用旅(三)〈日光例幣使道の殺人〉
平岩弓枝 新装版 おんなみち(上)(中)(下)
平岩弓枝 極楽とんぼの飛んだ道〈私の半生、私の小説〉

平岩弓枝 ものは言いよう
平岩弓枝 老いること暮らすこと
東野圭吾 放課後
東野圭吾 卒業〈雪月花殺人ゲーム〉
東野圭吾 学生街の殺人
東野圭吾 魔球
東野圭吾 浪花少年探偵団
東野圭吾 しのぶセンセにサヨナラ〈浪花少年探偵団・独立編〉
東野圭吾 十字屋敷のピエロ
東野圭吾 眠りの森
東野圭吾 宿命
東野圭吾 変身
東野圭吾 仮面山荘殺人事件
東野圭吾 天使の耳
東野圭吾 ある閉ざされた雪の山荘で
東野圭吾 同級生
東野圭吾 名探偵の呪縛
東野圭吾 むかし僕が死んだ家
東野圭吾 虹を操る少年

東野圭吾 パラレルワールド・ラブストーリー
東野圭吾 天空の蜂
東野圭吾 どちらかが彼女を殺した
東野圭吾 名探偵の掟
東野圭吾 悪意
東野圭吾 私が彼を殺した
東野圭吾 嘘をもうひとつだけ
東野圭吾 時生
東野圭吾 赤い指
広田靚子 イギリス花の庭
日比野宏 アジア亜細亜 無限回廊
日比野宏 アジア亜細亜 夢のあとさき
日比野宏 夢街道アジア
平山壽三郎 明治おんな橋
平山壽三郎 明治ちぎれ雲
火坂雅志 美食探偵
火坂雅志 骨董屋征次郎手控
火坂雅志 骨董屋征次郎京暦
平野啓一郎 高瀬川

講談社文庫　目録

平山　譲　ありがとう
平田俊子　ピアノ・サンド
ひこ・田中　新装版 お引越し
平岩正樹　がんで死ぬのはもったいない
百田尚樹　永遠の0(ゼロ)
ヒキタクニオ　東京ボイス
藤沢周平　義民が駆ける
藤沢周平　新装版 春秋の檻〈獄医立花登手控え(一)〉
藤沢周平　新装版 風雪の檻〈獄医立花登手控え(二)〉
藤沢周平　新装版 愛憎の檻〈獄医立花登手控え(三)〉
藤沢周平　新装版 人間の檻〈獄医立花登手控え(四)〉
藤沢周平　新装版 闇の歯車
藤沢周平　新装版 市塵(上)(下)
藤沢周平　新装版 決闘の辻
藤沢周平　新装版 雪明かり
古井由吉　野川
福永令三　クレヨン王国の十二か月
船戸与一　山猫の夏
船戸与一　神話の果て
船戸与一　伝説なき地
船戸与一　血と夢
船戸与一　蝶舞う館
深谷忠記　黙秘
藤田宜永　樹下の想い
藤田宜永　艶(つや)めき
藤田宜永　異端の夏
藤田宜永　流砂
藤田宜永　子宮の記憶〈ここにあなたがいる〉
藤田宜永　乱調
藤田宜永　壁画修復師
藤田宜永　前夜のものがたり
藤川桂介　シギラの月
藤水名子　赤壁の宴
藤原伊織　テロリストのパラソル
藤原伊織　ひまわりの祝祭
藤原伊織　雪が降る
藤原伊織　蚊トンボ白鬚の冒険(上)(下)
藤原伊織　遊戯
藤田紘一郎　笑うカイチュウ
藤田紘一郎　体にいい寄生虫〈ダイエットから花粉症まで〉
藤田紘一郎　踊る腹のムシ〈グルメブームの落とし穴〉
藤田紘一郎　ウッふん
藤田紘一郎　イヌからネコから伝染(うつ)るんです。
藤田紘一郎　医療大崩壊
藤本ひとみ　聖ヨゼフの惨劇
藤本ひとみ　新・三銃士 少年編・青年編〈ダルタニャンとミラディ〉
藤本ひとみ　シャネル
藤野千夜　少年と少女のポルカ
藤野千夜　夏の約束
藤野千夜　彼女の部屋
藤沢　周　紫の領分
藤木美奈子　ストーカー・夏美
藤木美奈子　傷つけ合う家族〈ドメスティック・バイオレンスを乗り越えて〉
福井晴敏　Twelve Y.O.(トゥエルブワイオー)
福井晴敏　亡国のイージス(上)(下)
福井晴敏　川の深さは
福井晴敏　終戦のローレライ I〜IV

福井晴敏 6ステイン
福井晴敏作 霜月かよ子画 C-blossom〈case729〉
藤原緋沙子 遠花火〈見届け人秋月伊織事件帖〉
藤原緋沙子 春疾風〈見届け人秋月伊織事件帖〉
藤原緋沙子 暖鳥〈見届け人秋月伊織事件帖〉
藤原緋沙子 霧の路〈見届け人秋月伊織事件帖〉
福島 章 精神鑑定 脳から心を読む
椹野道流 暁天の星〈鬼籍通覧〉
椹野道流 無明の闇〈鬼籍通覧〉
椹野道流 壺中の天〈鬼籍通覧〉
椹野道流 隻手の声〈鬼籍通覧〉
古川日出男 ルート350
福田和也 悪女の美食術
辺見 庸 永遠の不服従のために
辺見 庸 いま、抗暴のときに
辺見 庸 抵抗論
星 新一 エヌ氏の遊園地
星 新一編 ショートショートの広場①~⑨
保阪正康 昭和史 七つの謎
保阪正康 昭和史 忘れ得ぬ証言者たち
保阪正康 昭和史 七つの謎 Part2
保阪正康 あの戦争から何を学ぶのか
保阪正康 政治家と回想録〈読み直し語りつぐ戦後史〉
保阪正康 昭和の空白を読み解く〈昭和史 忘れ得ぬ証言者たち Part2〉
保阪正康 「昭和」とは何だったのか
保阪正康 大本営発表という権力
堀 和久 江戸風流女ばなし
堀田 力 少年魂
星野知子 食べるが勝ち!
北海道新聞取材班 追及・北海道警「裏金」疑惑
北海道新聞取材班 日本警察と裏金〈底なしの腐敗〉
北海道新聞取材班 実録・老舗百貨店凋落〈流通業界再編の光と影〉
北海道新聞取材班 追跡・「夕張」問題〈財政破綻と再起への苦闘〉
堀井憲一郎 『巨人の星』に必要なことはすべて人生から学んだ。あ。逆だ。
堀江敏幸 熊の敷石
堀江敏幸 子午線を求めて
本格ミステリ作家クラブ編 紅い悪夢の夏〈本格短編ベスト・セレクション〉
本格ミステリ作家クラブ編 透明な貴婦人の謎〈本格短編ベスト・セレクション〉
本格ミステリ作家クラブ編 天使と髑髏の密室〈本格短編ベスト・セレクション〉
本格ミステリ作家クラブ編 死神と雷鳴の暗号〈本格短編ベスト・セレクション〉
本格ミステリ作家クラブ編 論理学園事件帳〈本格短編ベスト・セレクション〉
本格ミステリ作家クラブ編 深夜バス78回転の問題〈本格短編ベスト・セレクション〉
本格ミステリ作家クラブ編 大きな棺の小さな鍵〈本格短編ベスト・セレクション〉
星野智幸 毒身
本田靖春 我、拗ね者として生涯を閉ず(上)(下)
本田 透 電波男
本城英明 警察庁広域特捜官 梶山俊介〈広島・尾道「刑事殺し」〉
松本清張 草の陰刻
松本清張 黄色い風土
松本清張 黒い樹海
松本清張 連環
松本清張 花氷
松本清張 遠くからの声
松本清張 ガラスの城
松本清張 殺人行おくのほそ道(上)(下)
松本清張 塗られた本
松本清張 熱い絹(上)(下)

松本清張　邪馬台国　清張通史①
松本清張　空白の世紀　清張通史②
松本清張　カミと青銅の迷路　清張通史③
松本清張　天皇と豪族　清張通史④
松本清張　壬申の乱　清張通史⑤
松本清張　古代の終焉　清張通史⑥
松本清張　新装版大奥婦女記
松本清張　新装版増上寺刃傷
松本清張他　日本史七つの謎
丸谷才一　恋と女の日本文学
丸谷才一　闊歩する漱石
丸谷才一　輝く日の宮
麻耶雄嵩　翼ある闇〈メルカトル鮎最後の事件〉
麻耶雄嵩　夏と冬の奏鳴曲(ソナタ)
麻耶雄嵩　木製の王子
松浪和夫　摘出
松浪和夫　非常線
松浪和夫　核の柩
松井今朝子　仲蔵狂乱
松井今朝子　奴(やっこ)の小万(こまん)と呼ばれた女
松井今朝子　似(に)せ者(もん)
町田康　へらへらぼっちゃん
町田康　つるつるの壺
町田康　耳そぎ饅頭
町田康　権現の踊り子
町田康　浄土
舞城王太郎　煙か土か食い物〈Smoke, Soil or Sacrifices〉
舞城王太郎　世界は密室でできている。〈THE WORLD IS MADE OUT OF CLOSED ROOMS〉
舞城王太郎　熊の場所
舞城王太郎　九十九十九
舞城王太郎　山ん中の獅見朋成雄(しみともなるお)
舞城王太郎　好き好き大好き超愛してる。
松尾由美　ピピネラ
松久淳　田中渉・絵　四月ばーか
松浦寿輝　花腐(くた)し
松浦寿輝　あやめ　鰈　ひかがみ
真山仁　ハゲタカ(上)(下)
真山仁　ハゲタカ2(上)(下)
真山仁　虚像の砦
毎日新聞科学環境部　理系白書〈この国を静かに支える人たち〉
毎日新聞科学環境部　「理系」という生き方〈理系白書2〉
毎日新聞科学環境部　迫るアジア　どうする日本の研究者〈理系白書3〉
前川麻子　すきもの
町田忍　昭和なつかし図鑑
松井雪子　チル☆
牧秀彦　裂帛(れっぱく)〈五坪道場一手指南〉
牧秀彦　凜々(りんりん)〈五坪道場一手指南〉
牧秀彦　雄飛(ゆうひ)〈五坪道場一手指南〉
真梨幸子　孤虫症(こちゅうしょう)
まきの・えり　ラブファイト〈聖母少女〉(上)(下)
牧野修　黒娘　アウトサイダー・フィメール
三浦哲郎　曠野の妻
三浦綾子　ひつじが丘
三浦綾子　岩に立つ
三浦綾子　青い棘(とげ)
三浦綾子　イエス・キリストの生涯
三浦綾子　あのポプラの上が空

講談社文庫　目録

三浦綾子　小さな一歩から
三浦綾子　増補決定版 言葉の花束〈愛といのちの792章〉
三浦綾子　愛すること信ずること
三浦光世・三浦綾子　愛に遠くあれど〈夫と妻の対話〉
三浦明博　死水
三浦明博　サーカス市場
宮尾登美子　東福門院和子の涙
宮尾登美子　新装版天璋院篤姫(上)(下)
宮尾登美子　新装版 一絃の琴
皆川博子　冬の旅人(上)(下)
宮崎康平　新装版 まぼろしの邪馬台国 第1部・第2部
宮本輝　花の降る午後
宮本輝　オレンジの壺(上)(下)
宮本輝　朝の歓び(上)(下)
宮本輝　ひとたびはポプラに臥す1〜6
宮本輝　新装版二十歳の火影
宮本輝　新装版命の器
宮本輝　新装版 避暑地の猫
宮本輝　新装版 ここに地終わり 海始まる(上)(下)

峰隆一郎　寝台特急「さくら」死者の罠
宮城谷昌光　俠骨記
宮城谷昌光　夏姫春秋(上)(下)
宮城谷昌光　花の歳月
宮城谷昌光　重耳(全三冊)
宮城谷昌光　春秋の色
宮城谷昌光　介子推
宮城谷昌光　孟嘗君 全五冊
宮城谷昌光　春秋の名君
宮城谷昌光　子産(上)(下)
宮城谷昌光他　異色中国短篇傑作大全
水木しげる　コミック昭和史1〈関東大震災〜満州事変〉
水木しげる　コミック昭和史2〈満州事変〜日中全面戦争〉
水木しげる　コミック昭和史3〈日中全面戦争〜太平洋戦争開始〉
水木しげる　コミック昭和史4〈太平洋戦争前半〉
水木しげる　コミック昭和史5〈太平洋戦争後半〉
水木しげる　コミック昭和史6〈終戦から朝鮮戦争〉
水木しげる　コミック昭和史7〈講和から復興〉
水木しげる　コミック昭和史8〈高度成長以降〉

水木しげる　総員玉砕せよ!
宮脇俊三　古代史紀行
宮脇俊三　平安鎌倉史紀行
宮脇俊三　室町戦国史紀行
宮脇俊三　徳川家康歴史紀行5000キロ
宮部みゆき　ステップファザー・ステップ
宮部みゆき　震える岩〈霊験お初捕物控〉
宮部みゆき　天狗風〈霊験お初捕物控(二)〉
宮部みゆき　ぼんくら(上)(下)
宮部みゆき　日暮らし(上)(中)(下)
宮子あずさ　看護婦が見つめた人間が死ぬということ
宮子あずさ　看護婦が見つめた人間が病むということ
宮本昌孝　夕立太平記
皆川ゆか　機動戦士ガンダム外伝〈THE BLUE DESTINY〉
皆川ゆか　新機動戦記ガンダムW(ウイング)外伝〜右手に鎌を左手に君を〜
三浦明博　滅びのモノクローム
三好春樹　なぜ、男は老いに弱いのか?
見延典子　家を建てるなら
道又力　開封 高橋克彦

三津田信三　忌館〈ホラー作家の棲む家〉
三津田信三　厭魅の如き憑くもの
村上　龍　海の向こうで戦争が始まる
村上　龍　アメリカン★ドリーム
村上　龍　ポップアートのある部屋
村上　龍　走れ！タカハシ
村上　龍　愛と幻想のファシズム(上)(下)
村上　龍　村上龍全エッセイ〈1976〜1981〉
村上　龍　村上龍全エッセイ〈1982〜1986〉
村上　龍　村上龍全エッセイ〈1987〜1991〉
村上　龍　超電導ナイトクラブ
村上　龍　イビサ
村上　龍　長崎オランダ村
村上　龍　フィジーの小人
村上　龍　368Y Par4 第2打
村上　龍　音楽の海岸
村上　龍　村上龍料理小説集
村上　龍　村上龍映画小説集
村上　龍　ストレンジ・デイズ

村上　龍　共生虫
村上　龍　新装版 限りなく透明に近いブルー
村上　龍　新装版 コインロッカー・ベイビーズ
村上　龍・坂本龍一　EV.Café——超進化論
向田邦子　眠る盃
向田邦子　夜中の薔薇
村上春樹　風の歌を聴け
村上春樹　1973年のピンボール
村上春樹　羊をめぐる冒険(上)(下)
村上春樹　カンガルー日和
村上春樹　回転木馬のデッド・ヒート
村上春樹　ノルウェイの森(上)(下)
村上春樹　ダンス・ダンス・ダンス(上)(下)
村上春樹　遠い太鼓
村上春樹　国境の南、太陽の西
村上春樹　やがて哀しき外国語
村上春樹　アンダーグラウンド
村上春樹　スプートニクの恋人
村上春樹　アフターダーク

村上春樹・佐々木マキ絵　羊男のクリスマス
村上春樹・佐々木マキ絵　ふしぎな図書館
村上春樹・糸井重里　夢で会いましょう
村上春樹・文　安西水丸・絵　ふわふわ
U・K・ル=グウィン　村上春樹訳　空飛び猫
U・K・ル=グウィン　村上春樹訳　帰ってきた空飛び猫
U・K・ル=グウィン　村上春樹訳　素晴らしいアレキサンダーと、空飛び猫たち
U・K・ル=グウィン　村上春樹訳　空を駆けるジェーン
T・ファリッシュ著　B・ルート絵　村上春樹訳　ポテト・スープが大好きな猫
群ようこ　濃い人々〈いとしの作中人物たち〉
群ようこ　いいわけ劇場
群ようこ　浮世道場
室井佑月　Piss ピス
室井佑月　子作り爆裂伝
室井佑月　ママの神様
室井佑月・丸山あかね　プチ美人の悲劇
村山由佳　すべての雲は銀の…(上)(下)
村山由佳　永遠。
室井　滋　ふぐママ

室井　滋　心ひだひだ
室井　滋　うまうまノート
村野　薫　死刑はこうして執行される
睦月影郎　義姉（あね）〈武芸者　冴木澄香〉
睦月影郎　有情（うじょう）〈武芸者　冴木澄香〉
睦月影郎　忍（しのび）萌（もえ）
森村誠一　暗黒流砂
森村誠一　殺人の花客
森村誠一　ホームアウェイ
森村誠一　殺人のスポットライト
森村誠一　殺人プロムナード
森村誠一　流星の降る町〈『星の町』改題〉
森村誠一　完全犯罪のエチュード
森村誠一　影の祭り
森村誠一　殺意の接点
森村誠一　レジャーランド殺人事件
森村誠一　殺意の逆流
森村誠一　情熱の断罪
森村誠一　残酷な視界

森村誠一　肉食の食客
森村誠一　死を描く影絵
森村誠一　エネミイ
森村誠一　深海の迷路
森村誠一　マーダー・リング
森村誠一　刺客の花道
森村誠一　殺意の造型
森村誠一　ラストファミリー
森村誠一　夢の原色
森村誠一　ファミリー
森村誠一　虹の刺客(上)(下)〈小説・伊達騒動〉
森村誠一　雪煙
森村誠一　殺人倶楽部
森　瑤子　夜ごとの揺り籠、舟、あるいは戦場
守　誠　3分単〈1日3分・「簡単パズル」で覚える・英単語〉
毛利恒之　月光の夏
毛利恒之　地獄の虹
毛利恒之　虹の絆〈ハワイ日系人　母の記録〉
森まゆみ　抱きしめる、東京〈町とわたし〉

森田靖郎　東京チャイニーズ〈裏歌舞伎町の流氓たち〉
森田靖郎　TOKYO犯罪公司（コンス）
森　博嗣　すべてがFになる〈THE PERFECT INSIDER〉
森　博嗣　冷たい密室と博士たち〈DOCTORS IN ISOLATED ROOM〉
森　博嗣　笑わない数学者〈MATHEMATICAL GOODBYE〉
森　博嗣　詩的私的ジャック〈JACK THE POETICAL PRIVATE〉
森　博嗣　封印再度〈WHO INSIDE〉
森　博嗣　まどろみ消去〈MISSING UNDER THE MISTLETOE〉
森　博嗣　幻惑の死と使途〈ILLUSION ACTS LIKE MAGIC〉
森　博嗣　夏のレプリカ〈REPLACEABLE SUMMER〉
森　博嗣　今はもうない〈SWITCH BACK〉
森　博嗣　数奇にして模型〈NUMERICAL MODELS〉
森　博嗣　有限と微小のパン〈THE PERFECT OUTSIDER〉
森　博嗣　地球儀のスライス〈A SLICE OF TERRESTRIAL GLOBE〉
森　博嗣　黒猫の三角〈Delta in the Darkness〉
森　博嗣　人形式モナリザ〈Shape of Things Human〉
森　博嗣　月は幽咽のデバイス〈The Sound Walks When the Moon Talks〉
森　博嗣　夢・出逢い・魔性〈You May Die in My Show〉
森　博嗣　魔剣天翔〈Cockpit on knife Edge〉

森　博嗣　今夜はパラシュート博物館へ〈THE LAST DIVE TO PARACHUTE MUSEUM〉
森　博嗣　恋恋蓮歩の演習〈A Sea of Deceits〉
森　博嗣　六人の超音波科学者〈Six Supersonic Scientists〉
森　博嗣　捩れ屋敷の利鈍〈The Riddle in Torsional Nest〉
森　博嗣　朽ちる散る落ちる〈Rot off and Drop away〉
森　博嗣　赤緑黒白〈Red Green Black and White〉
森　博嗣　虚空の逆マトリクス〈INVERSE OF VOID MATRIX〉
森　博嗣　φは壊れたね〈PATH CONNECTED φ BROKE〉
森　博嗣　θは遊んでくれたよ〈ANOTHER PLAYMATE θ〉
森　博嗣　τになるまで待って〈PLEASE STAY UNTIL τ〉
森　博嗣　議論の余地しかない〈A Space under Discussion〉
森　博嗣　探偵伯爵と僕〈His name is Earl〉
森　博嗣　レタス・フライ〈Lettuce Fry〉
森　博嗣　君の夢　僕の思考〈You will dream while I think〉
森　博嗣　四季　春～冬
森　博嗣　森　博嗣のミステリィ工作室
森　博嗣　アイソパラメトリック
森　博嗣　悠悠おもちゃライフ
森　博嗣　僕は秋子に借りがある I'm in Debt to Akiko〈森博嗣自選短編集〉

森　博嗣　どちらかが魔女 Which is the Witch?〈森博嗣シリーズ短編集〉
森　博嗣／ささきすばる絵　悪戯王子と猫の物語
土屋賢二／森　博嗣　人間は考えるFになる
森枝卓士　私的メコン物語〈食から覗くアジア〉
森　浩美　推定恋愛
森　浩美　推定恋愛 two-years
諸田玲子　鬼あざみ
諸田玲子　笠雲
諸田玲子　からくり乱れ蝶
諸田玲子　其の一日
諸田玲子　天女湯おれん
諸田玲子　末世炎上
諸田玲子　昔日より
森津純子　家族が「がん」になったら〈誰も教えてくれなかった介護法と心のケア〉
桃谷方子　百合祭
森　孝一　「ジョージ・ブッシュ」のアタマの中身〈アメリカ「超保守派」の世界観〉
本谷有希子　腑抜けども、悲しみの愛を見せろ
本谷有希子　江利子と絶対〈本谷有希子文学大全集〉
森下くるみ　すべては「裸になる」から始まって

茂木健一郎　「赤毛のアン」に学ぶ幸福になる方法
茂木健一郎　セレンディピティの時代〈偶然の幸運に出会う方法〉
山口　瞳／常盤新平編　新装版 諸君！この人生、大変なんだ
山田風太郎　婆沙羅
山田風太郎　甲賀忍法帖〈山田風太郎忍法帖①〉
山田風太郎　忍法忠臣蔵〈山田風太郎忍法帖②〉
山田風太郎　伊賀忍法帖〈山田風太郎忍法帖③〉
山田風太郎　忍法八犬伝〈山田風太郎忍法帖④〉
山田風太郎　くノ一忍法帖〈山田風太郎忍法帖⑤〉
山田風太郎　魔界転生(上)(下)〈山田風太郎忍法帖⑥⑦〉
山田風太郎　江戸忍法帖〈山田風太郎忍法帖⑧〉
山田風太郎　柳生忍法帖(上)(下)〈山田風太郎忍法帖⑨⑩〉
山田風太郎　風来忍法帖〈山田風太郎忍法帖⑪〉
山田風太郎　かげろう忍法帖〈山田風太郎忍法帖⑫〉
山田風太郎　野ざらし忍法帖〈山田風太郎忍法帖⑬〉
山田風太郎　忍法関ヶ原〈山田風太郎忍法帖⑭〉
山田風太郎　妖説太閤記(上)(下)
山田風太郎　新装版 戦中派不戦日記
山田風太郎　奇想小説集

山村美紗　三十三間堂の矢殺人事件
山村美紗　ヘアデザイナー殺人事件
山村美紗　京都新婚旅行殺人事件
山村美紗　大阪国際空港殺人事件
山村美紗　小京都連続殺人事件
山村美紗　グルメ列車殺人事件
山村美紗　天の橋立殺人事件
山村美紗　愛の立待岬
山村美紗　花嫁は容疑者
山村美紗　十二秒の誤算
山村美紗　京都・沖縄殺人事件
山村美紗　京都三船祭り殺人事件
山村美紗　京都絵馬堂殺人事件〈名探偵キャサリン傑作集〉
山村美紗　京都不倫旅行殺人事件
山村美紗　京友禅の秘密
山村美紗　京都・十二単衣（じゅうにひとえ）殺人事件
山村美紗　燃えた花嫁
山村美紗　千利休・謎の殺人事件
山田正紀　長靴をはいた犬〈神性探偵・佐伯神一郎〉

山田詠美　ハーレムワールド
山田詠美　セイフティボックス
山田詠美　晩年の子供
山田詠美　熱血ポンちゃんが行く！
山田詠美　再び熱血ポンちゃんが行く！
山田詠美　誰がために熱血ポンちゃんは行く！
山田詠美　嵐ヶ熱血ポンちゃん！
山田詠美　路傍の熱血ポンちゃん！
山田詠美　熱血ポンちゃんは二度ベルを鳴らす
山田詠美　熱血ポンちゃんが来りて笛を吹く
山田詠美　日はまた熱血ポンちゃん
山田詠美　A（エイ）2（トウ）Z（ズィ）
山田詠美／ピーコ　ファッション　ファッショ
山田詠美／ピーコ　ファッション　ファッショ〈マインド編〉
柳家小三治　ま・く・ら
柳家小三治　もひとつま・く・ら
柳家小三治　バ・イ・ク
山口雅也　ミステリーズ《完全版》
山口雅也　垂里冴子のお見合いと推理

山口雅也　続・垂里冴子のお見合いと推理
山口雅也　マニアックス
山口雅也　13人目の探偵士
山口雅也　奇偶 (上)(下)
山本ふみこ　元気がでるふだんのごはん
山本一力　深川黄表紙掛取り帖
山本一力　ワシントンハイツの旋風（かぜ）
山根基世　ことばで「私」を育てる
山崎光夫　東京検死官〈三千の変死体と語った男〉
椰月美智子　十二歳
八幡和郎／八幡衣代　『篤姫』と島津・徳川の五百年　日本でいちばん長く成功した二つの家の物語
柳広司　ザビエルの首
薬丸岳　天使のナイフ
薬丸岳　闇の底
矢野龍王　極限推理コロシアム
柳美里　家族シネマ
吉村昭　赤い人
吉村昭　海も暮れきる
吉村昭　間宮林蔵

講談社文庫　目録

吉村　昭　白い航跡 (上)(下)
吉村　昭　新装版 日本医家伝
吉村　昭　私の好きな悪い癖
吉村　昭　吉村昭の平家物語
吉村　昭　暁の旅人
吉田ルイ子　ハーレムの熱い日々
淀川長治　淀川長治映画塾
吉村達也　ランプの秘湯殺人事件
吉村達也　有馬温泉殺人事件
吉村達也　回転寿司殺人事件
吉村達也　黒白の十字架〈完全リメイク版〉
吉村達也　「会社を休みましょう」殺人事件
吉村達也　富士山殺人事件
吉村達也　蛇(じゃ)の湯(ゆ)温泉殺人事件
吉村達也　十津川温泉殺人事件
吉村達也　霧積温泉殺人事件
吉村達也　ダイヤモンド殺人事件
吉村達也　クリスタル殺人事件
吉村達也　大江戸温泉殺人事件

横田濱夫　お金の基礎教育〈12歳までに身につけたい〉
青木雄二／横田濱夫　ゼニで死ぬ奴 生きる奴
吉村葉子　お金がなくても平気なフランス人 お金があっても不安な日本人
吉村葉子　激しく家庭的なフランス人 愛し足りない日本人
吉村葉子　お金をかけずに食を楽しむフランス人 お金をかけても満足できない日本人
吉村葉子／宇田川悟　パリ20区物語
米山公啓　沈黙の野
米原万里　ロシアは今日も荒れ模様
横山秀夫　半落ち
横山秀夫　出口のない海
横森理香　横森流キレイ道場
吉田戦車　吉田自転車
吉田戦車　吉田電車
吉田戦車　なめこインサマー
吉田修一　日曜日たち
吉田修一　ランドマーク
Yoshi　Dear Friends
吉井妙子　頭脳のスタジアム〈一球一球に意思が宿る〉
吉橋通夫　なまくら

長坂秀佳／真保裕一／川田弥一郎／新野剛志／高野和明　乱歩賞作家 赤の謎
鳥羽亮／中嶋博行／福井晴敏／首藤瓜於　乱歩賞作家 白の謎
鳴海章／桐野夏生／野沢尚／三浦明博　乱歩賞作家 黒の謎
赤井三尋／藤原伊織／阿部陽一／池井戸潤／渡辺容子／不知火京介　乱歩賞作家 青の謎
隆慶一郎　柳生非情剣
隆慶一郎　捨て童子・松平忠輝 全三冊
隆慶一郎　柳生刺客状
隆慶一郎　花と火の帝 (上)(下)
隆慶一郎　時代小説の愉しみ
隆慶一郎　見知らぬ海へ
リービ英雄　千々にくだけて
連城三紀彦　戻り川心中
連城三紀彦　花塵
令丈ヒロ子　ダブル・ハート
渡辺淳一　秋の終りの旅
渡辺淳一　解剖学的女性論
渡辺淳一　氷紋
渡辺淳一　神々の夕映え
渡辺淳一　長崎ロシア遊女館

2009年9月15日現在